I0703540

Éternellement
vôtre

DE LA MÊME AUTEURE

— Saga de la fondation des Roxton —
Le Noble satyre
Sa Duchesse
Son Duc
Leurs Grâces

— La saga de la famille Roxton —
Noces de minuit
Duchesse d'automne
Dair le Diabolique
La Fière Mary
Le fils du satyre
Éternellement vôtre
Pour toujours et à jamais

— Série Salt Hendon —
L'Épouse de Salt
Retour à Salt Hendon

« Avec mon lorgnon et ma plume, je pars dans ma chaise à porteurs – le 18ᵉ siècle est vraiment génial ! »

QUAND JE NE me balade pas dans le Londres du 18ᵉ siècle dans ma chaise à porteurs où que je ne suis pas en train d'échanger des ragots avec des nobles parfumés et bien mis dans les salons dorés de Versailles, j'écris des romances historiques georgiennes primées et des romans à suspense (avec une bonne dose de romance).

Mes livres se déroulent dans l'Angleterre georgienne des années 1700, avec quelques voyages éventuels sur le continent européen. Je m'arrête à la Révolution française durant laquelle je suis morte dans une vie antérieure, guillotinée pour mon mode de vie terriblement hédoniste en tant qu'aristocrate oisive !

lucindabrant@gmail.com	lucindabrant.com
pinterest.com/lucindabrant	twitter.com/lucindabrant
facebook.com/lucindabrantbooks	youtube.com/lucindabrantauthor

MARION GABILLARD

J'ai adoré découvrir, en travaillant sur ces livres,
le monde de l'aristocratie du xviiie siècle, ses codes,
ses coutumes et ses personnages hauts en couleur.
J'espère que vous prendrez autant de plaisir que
moi à vous plonger dans cette histoire.

marion.gabillard@gmail.com

Éternellement vôtre

LETTRES DES ROXTON, VOLUME PREMIER

COMPLÉMENT À LA SAGA DE LA FAMILLE ROXTON

Lucinda Brant

TRADUIT PAR MARION GABILLARD

Un livre des éditions Sprigleaf
Publié par Sprigleaf Pty Ltd

Il s'agit d'une œuvre de fiction ; les noms, personnages, lieux et événements sont le produit de l'imagination de l'auteur ou sont utilisés de manière fictive. Toute ressemblance avec des personnes, des entités commerciales, des sociétés, des événements ou des lieux, passés ou présents, est entièrement fortuite.

Éternellement vôtre : lettres des Roxton, volume premier
Copyright © 2023 Lucinda Brant, tous droits réservés.
Traduction : Marion Gabillard
Édition : Gaelle Ty R So
Visuel, conception et mise en forme : Sprigleaf

Le visuel à trois feuilles de Sprigleaf est une marque déposée appartenant à Sprigleaf Pty Ltd. La silhouette d'un couple georgien est une marque déposée appartenant à Lucinda Brant.

Mis en page avec Adobe Garamond Pro.

Également disponible en livre numérique et dans d'autres langues.

ISBN 978-1-922985-05-7

10 9 8 7 6 5 4 3 2 1
Édition à couverture cartonnée et reliure rigide   (ii) I

Pour

mes lecteurs

TABLE DES MATIÈRES

LETTRES DE *DUCHESSE D'AUTOMNE*

PRÉFACE

Par Sa Grâce, Alice-Victoria Edwina Hesham, dixième duchesse de Roxton, à l'occasion du cent cinquantième anniversaire de mariage d'Antonia Moran et de Renard Julian Hesham, cinquième duc de Roxton.

C'EST AVEC UNE IMMENSE fierté et beaucoup de satisfaction que je vous propose ce premier recueil de lettres, qui sera complété par un deuxième volume. Il s'agit d'une sélection de la correspondance de mes estimés ancêtres et des personnes qui ont occupé une place importante dans leur vie quotidienne.

La publication de ce premier volume coïncide avec la célébration du cent cinquantième anniversaire de mariage de mon aïeule française Antonia Diane Moran, petite-fille du général jacobite James Fitzstuart, premier comte de Strathsay, à Renard Hesham, cinquième duc de Roxton, arrière-arrière-arrière-grand-père de mon époux, l'actuel duc de Roxton, qui porte fièrement son prénom.

Ce recueil a vu le jour dans des circonstances tout à fait surprenantes, et il serait négligent de ma part de ne pas mentionner ce qui fut rapporté dans les journaux, non seulement ici en Angleterre, mais aussi de l'autre côté de l'Atlantique, dans la ville de New York. Les articles publiés dans cette ville sont sans aucun doute liés à la présence en Amérique d'une branche de la famille Roxton, qui y réside depuis la fondation de cette grande nation. L'influence politique continue de la famille dans ce paysage démocratique est aujourd'hui surtout représentée par le sénateur Hubert Charles Fitzstuart, qui est lui-même un descendant direct du premier comte de Strathsay, ce dont nous sommes immensément fiers.

Il y a quelques années, au domaine familial de Treat, dans le Hampshire, lors d'un nouveau catalogage de l'immense collection de livres et de monographies de la bibliothèque de Treat et de la rénovation de la pièce en elle-même, les ouvriers ont découvert une porte cachée sous le lambris en chêne. L'existence de cette porte avait été oubliée par la famille et les experts sont d'avis qu'elle était scellée depuis le début de ce siècle, bien avant que Sa Majesté la reine n'accède au trône. Les recherches ultérieures menées par le professeur West-Hamilton de Trinity Hall, Oxford, expert renommé de la généalogie des Roxton et auteur de la biographie saluée par la critique du grand philanthrope médical de la famille, Lord Henri-Antoine Hesham, fils cadet d'Antonia Roxton, ont révélé que cette porte avait été condamnée sur ordre de Frederick, le septième duc de Roxton. Cette préface n'est pas le bon endroit pour spéculer, mais le professeur West-Hamilton est d'avis que cela pourrait s'expliquer par ce qui a été découvert derrière cette porte condamnée.

Ouverte pour la première fois en un siècle, la porte a révélé une cage d'escalier aux murs recouverts d'étagères. L'escalier mène aux appartements au-dessus de la bibliothèque, qui ont été utilisés comme appartements privés par les ducs de Roxton pendant quatre générations, jusqu'au septième duc. Frederick a transformé ces appartements en chambres et en une salle d'école pour ses six filles. On pense que c'est pendant cette transformation que les deux accès à l'escalier ont été condamnés, et son existence a ensuite été oubliée par les générations suivantes.

La découverte de cet escalier secret est très satisfaisante en elle-même, car nous savons que les ducs de Roxton étaient de grands bibliophiles, et la plus grande amatrice de lecture de la famille était peut-être mon aïeule, la cinquième duchesse. Antonia, duchesse de Roxton et de Kinross, n'était pas seulement reconnue comme une grande beauté de son époque, elle était également très cultivée. C'était aussi une linguiste chevronnée, qui savait lire, écrire et converser non seulement dans son français natal, mais aussi en anglais, en italien, en grec et en latin. Ainsi, aucun membre de la famille n'a été surpris d'apprendre que le cinquième couple ducal avait souhaité disposer d'un moyen pratique et privé d'accéder à leurs livres, via un escalier qui reliait leur espace privé à leur bibliothèque.

Mais ce qui est surprenant, et très révélateur, c'est ce qui a été découvert sur les étagères dans cette cage d'escalier secrète. La famille a toujours pensé — et mon époux s'est d'ailleurs vu raconter cette histoire étant petit par son grand-père, Anthony, le huitième duc — que la correspondance privée entre le cinquième duc et sa duchesse avait été jugée trop intime et que la décision avait donc été prise d'en détruire une grande partie sur ordre du père d'Anthony, Frederick. Cette destruction avait été estimée nécessaire pour préserver non seulement l'illustre réputation familiale et ducale des Roxton, mais aussi l'intimité des divers correspondants concernés.

Je peux maintenant révéler pour la première fois que cette correspondance n'a pas du tout été détruite, mais seulement conservée à l'abri des regards indiscrets. On a découvert sur les étagères de la cage d'escalier secrète des centaines, voire des milliers de pages de correspondances privées, non seulement sous forme de lettres, mais aussi de journaux intimes. Des boîtes en cuir rouge ont été retrouvées, pleines de lettres, de notes, de petits cadeaux et de journaux reliés écrits par la cinquième duchesse. Toutes les entrées dans les journaux sont en français, bien sûr, tandis que les lettres échangées avec divers correspondants sont écrites en français, en italien ou en anglais. Une partie de cette correspondance a en effet été jugée bien trop intime pour être publiée, et le duc et moi-même exprimons notre souhait formel qu'elle reste privée et ne soit jamais rendue accessible, que ce soit à la famille ou aux historiens. Mais cela n'enlève rien à l'enthousiasme de la famille face à cette découverte, car la majeure partie de cette correspondance nous offre une opportunité unique de compléter l'histoire familiale et ouvre une fenêtre sur une époque révolue où les dames portaient des robes plus larges que hautes, les messieurs s'habillaient avec de la soie et du satin brodés qui rivalisaient avec les tissus portés par n'importe quelle femme, et les chaises à porteurs étaient plus nombreuses que les fiacres. Ce monde n'avait pas encore connu les révolutions américaine et française, l'industrialisation et les grandes villes. À l'époque, les gens de toutes les classes sociales vivaient leur quotidien à un rythme bien plus doux ; c'est ce monde qu'a connu mon aïeule, et celle de mon époux Renard, l'arrière-arrière-arrière-grand-mère du dixième duc de Roxton, Antonia Moran.

Il me semble donc approprié que cette partie de leur correspondance soit publiée pour le cent cinquantième anniversaire de mariage de Renard, cinquième duc de Roxton, et de sa jeune épouse, Antonia Moran, descendante directe de Sa Majesté le roi Charles II, qui au cours de sa vie aura épousé non pas un mais deux ducs – l'un anglais, l'autre écossais –, faisant d'elle l'ancêtre de deux des duchés les plus importants du royaume, qui ont tous les deux à ce jour une lignée ininterrompue d'héritiers.

Je me dois de préciser que ce recueil et sa suite sont publiés à titre privé, et qu'ils ne sont pas destinés au grand public. Ils ont pour but de rejoindre les étagères de quelques personnes qui portent un intérêt académique à la lignée des Roxton et qui souhaitent avoir un meilleur aperçu de la vie et des motivations de mes ancêtres.

J'aimerais reconnaître ici les efforts acharnés du bibliothécaire de Treat, Sir Elliott Fortescue Bt., et de son assistant, Mr. Percival Mandrake, du professeur Sir Marcus West-Hamilton et de l'éminent linguiste français monsieur Auguste Martin, qui ont tous travaillé sur ce volume pendant trois ans et qui continuent de travailler sur le second, et sans qui ce recueil de correspondances n'aurait jamais vu le jour. Je dédie ce volume à mon tendre époux, Renard.

Alice-Victoria Hesham
Sa Grâce la très noble duchesse de Roxton
Mars 1896

NOTE DES ÉDITEURS

Les lettres et entrées de journaux intimes qui composent ce premier volume sont classées par ordre chronologique. Le premier chapitre s'ouvre sur des lettres qui datent du début du xviiie siècle, avant le mariage d'Antonia Moran, et se poursuit jusqu'à ce qu'elle devienne cinquième duchesse de Roxton. Le deuxième chapitre débute et se termine par une naissance et se compose d'échanges, au cours du mariage du cinquième duc et de sa duchesse, entre des membres de la famille et avec un ancien domestique particulièrement apprécié. Le troisième chapitre fut le plus difficile à composer, non seulement au niveau de la sélection des écrits, mais aussi du fait de la nature bouleversante de ces lettres et entrées de journaux ; en effet, ce chapitre se concentre sur l'immense chagrin d'Antonia Roxton après la mort de son premier mari, le cinquième duc, et sur le désarroi que cela a provoqué chez d'autres membres de la famille. La duchesse et nous-mêmes, en tant que compilateurs, n'avions nullement l'intention de troubler le lecteur moderne avec cette correspondance si déchirante, ni avec n'importe quelle autre lettre compilée ici, mais nous voulions plutôt mettre en lumière la force et la profondeur des sentiments qui ont fait entrer le mariage du cinquième couple ducal dans la légende, non seulement auprès des membres de leur propre famille, mais bien au-delà de leur cercle étendu d'amis, et à travers les âges, jusqu'à notre époque.

Toutes les traductions du français et de l'italien ont méticuleusement été réalisées par monsieur Auguste Martin, ce dont les éditeurs sont très reconnaissants.

Sir Elliott Fortescue Bt.,
commandeur de l'ordre de l'Empire britannique ;

Le professeur Sir Marcus West-Hamilton,
chevalier grand-croix de l'ordre de Saint-Michel et Saint-Georges, officier de l'ordre de l'Empire britannique

Avril 1896

LETTRES DU
NOBLE SATYRE

Mademoiselle Moran, l'appartement du prince, château de Versailles, à monsieur le duc de Roxton, Hôtel Roxton, rue Saint-Honoré, Paris.

[*Distribué à Versailles par un domestique.*]

Août 1745

M'Monsieur le duc de Roxton !

Je suis Antonia Moran, fille de votre cousine Lady Jane Fitzstuart et du chevalier Frederick Moran. Nous n'avons pas encore été officiellement présentés, mais je suis également votre parente par le biais d'un ancêtre commun, votre grand-père Henry, quatrième duc de Roxton, qui était mon arrière-arrière-grand-père. Je vais bientôt perdre la protection de mon grand-père, le général Lord Strathsay, qui est mourant. Mes deux parents sont morts. Je suis orpheline, et n'étant pas encore majeure, j'ai besoin de la protection d'un membre de ma famille.

Vous savez déjà tout cela, soit parce que vous vous intéressez aux membres et à la généalogie de votre illustre famille, soit parce que je vous l'ai déjà dit. Il s'agit de la quatrième lettre de la sorte que j'écris et vous fais distribuer. Je crois aussi que mon père vous avait écrit quelque temps avant sa mort pour vous expliquer ce qu'il avait prévu pour mon avenir et vous demander, en tant que chef de famille, de veiller sur moi.

Monsieur le duc, vous n'avez pas encore eu la courtoisie de me répondre.

Je ne cherche pas à me montrer impolie, mais chaque jour qui passe, ma situation devient un peu plus désespérée. Ce n'est pas à moi de vous rappeler votre devoir envers vos parents, et je dois par ailleurs vous donner l'impression de sortir de nulle part, tel un champignon qui aurait soudain poussé. Mais puisque vous êtes à la tête de ma famille, c'est à vous que revient le devoir de me proposer l'asile. Si j'avais ailleurs où aller, quelqu'un d'autre à solliciter, je ne vous écrirais pas. Je vous ai observé à la cour à de nombreuses reprises, et selon l'avis général, vous ne tolérez pas les imbéciles et ne semblez pas particulièrement troublé par le caractère immoral de certains de vos agissements. Rien de tout cela ne m'inquiète. Ce que vous faites ne regarde que vous, et c'est ce que vous me feriez légitimement remarquer si j'avais l'opportunité de vous parler.

Ce que j'essaye de vous dire, c'est que je ne suis pas du tout préoccupée de savoir que les autres peuvent vous juger inadéquat ou inapproprié en tant que tuteur ; mon grand-père est de cet avis, et c'est également ce que pensent certains à la cour. Ils me disent qu'ils vous connaissent mieux que moi, me mettent en garde à votre propos. Mais je ne vous crois pas intrinsèquement malveillant, et mon père ne le pensait pas non plus. Même si vous restez – pardonnez-moi de souligner une évidence, mais je serai toujours franche avec vous – tristement indifférent aux responsabilités familiales qui accompagnent votre rang et votre fortune.

Tout ce que je vous demande, c'est de m'offrir un refuge jusqu'à ce que je puisse prendre des dispositions pour me rendre à Londres, où je rencontrerai ma grand-mère. J'ai également un oncle là-bas, le frère de ma mère, qui pourrait aussi vouloir me reconnaître. Votre devoir et vos responsabilités seraient donc seulement de veiller à ce que j'arrive bien en Angleterre. Est-ce trop demander de la part de quelqu'un avec qui j'ai un lien de parenté ? Je ne le pense pas.

Voyez, monsieur le duc, cela ne représenterait qu'un désagrément minime, et ne vous demanderait que peu de temps et d'efforts.

Je vous en prie, ayez la courtoisie de me répondre par courrier ou de venir me trouver à la cour dès que possible.

Votre humble et dévouée servante,
Antonia Moran

Le très honorable comte de Strathsay, l'appartement du prince, château de Versailles, France, à la très honorable comtesse de Strathsay, Hanover Square, Westminster, Londres, Angleterre.

L'appartement du prince, château de Versailles, France
Septembre 1745

Madam,

Bientôt, votre souhait le plus cher sera exaucé. Je suis mourant, et mon décès ne saurait tarder. Vous allez devenir veuve et serez enfin libérée de moi. J'ai contracté la [*censuré*]. Si seulement vous aviez été la [*censuré*] à me l'avoir transmise, j'aurais pu vous haïr d'autant plus. Mais vous haïr plus que je ne vous hais déjà serait impossible. Mon prêtre me dit que je dois vous pardonner. Que pour pouvoir entrer au paradis, je dois pardonner à tous ceux qui ont péché contre moi. Ainsi, mon âme et ma conscience seront apaisées.

Ah, mais vous et moi, nous savons très bien que je ne pourrai jamais vous pardonner, que ce soit dans cette vie ou la prochaine, et c'est ce qui va mener à la damnation éternelle de mon âme immortelle. J'ai prié Dieu et demandé pardon pour cela, demandé que dans Sa grande sagesse, Il fasse preuve de compassion et comprenne pourquoi c'est impossible.

Vous m'avez poussé à croire que vous me rejoindriez en France quand tout espoir de succès de la révolte s'est envolé, mais vous n'avez pas pris la fuite. Au contraire, vous m'avez trahi auprès des Anglais. Par ailleurs, vous avez été une épouse infidèle dès le début de notre infâme union. Et comme je vous ai aimée ! Je peux vous pardonner votre infidélité, car je n'ai jamais été fidèle à aucune femme, à part vous. Puis vous avez quitté mon lit pour rejoindre celui d'un autre – celui du mari de votre sœur, par ailleurs – et je n'ai plus eu de raison d'entretenir mon dévouement pour vous. Je vous ai posé une question à l'époque, et j'ai continué à vous la poser : comment pouvez-vous coucher avec votre beau-frère et trahir l'amour de votre sœur ? Si je me fie à ce que j'ai entendu à votre propos ces dernières années, vous avez continué à avoir des relations charnelles avec votre beau-frère, au mépris des commandements et de la loi de Dieu.

Mais qui suis-je pour juger ? Moi, le général qui ai tant péché, qui ai la même faiblesse que mon royal père pour les femmes. N'ai-je pas batifolé avec vous lors de votre visite à Paris, alors même que je ressentais de la haine envers votre personne ? J'aurais souhaité pouvoir vous résister, mais néanmoins, je suis heureux d'avoir cédé, car cette liaison m'aura donné un fils héritier et, si Dieu le veut, aura assuré l'avenir de mon duché.

Je n'ai jamais ouvertement reconnu notre fils (avec son nom infernal, que vous lui avez donné uniquement pour me contrarier, sorcière !), mais il a toujours secrètement eu sa place dans mon testament, et dans mon cœur. Après tout, il est ma chair et mon sang, il est mon fils. Je regrette seulement qu'il soit aussi le vôtre !

Votre comportement est odieux et contre nature, et puisque vous continuez à partager la couche de votre beau-frère (n'est-il pas votre frère selon les Saintes Écritures ?), je ne laisserai jamais notre petite-fille entrer dans votre orbite corruptrice. Bien que je ne pense pas qu'il soit possible de corrompre Antonia. Elle sait ce qu'elle veut et a déjà des avis bien tranchés. Si on l'écoutait sans la regarder, on pourrait croire à s'y méprendre que c'est à un jeune homme que nous aurions affaire, et non une rare beauté. Elle est à votre image, mais plus belle que vous ne le serez jamais cependant, car son cœur est pur. Si seulement elle était née garçon !

Oh, comme j'aimerais être une puce dans la perruque de votre majordome pour vous voir quand vous poserez enfin les yeux sur votre petite-fille ! Vous serez mortifiée de voir dans son visage dénué de toute imperfection le reflet du vôtre, enfin de ce qu'il était, en plus joli encore. Mais si j'ai mon mot à dire, elle ne fera votre rencontre que quand votre corps sera glacé et dévoré par les vers de terre, quand elle viendra déposer des fleurs sur la tombe de sa grand-mère, même si elle ne vous a jamais rencontrée, car c'est ce genre de fille.

Elle n'est que joie, et je suis chanceux de l'avoir connue avant ma mort. Elle fait honneur à l'intelligence de son père et au sang de sa mère, que je revendique entièrement (si vous voulez mon avis, pas une seule goutte du vôtre ne coule dans ses veines).

Je vais signer un contrat de mariage qui fera d'elle, un jour, la comtesse de Salvan. Quand elle aura ce titre ancien et ma fortune, elle brillera à la cour française et, si Dieu le veut et si mon testament est suivi à la lettre, elle retournera à la vraie foi.

Je vous dis tout cela dans l'espoir que vous ayez un soupçon de décence maternelle et gardiez vos distances par rapport à elle. Je prie pour que vous ne vous rencontriez jamais.

Mais si je peux certes contrôler l'avenir de ma petite-fille, ce n'est guère le cas pour le mien. Je ne peux pas, en toute conscience, et parce que mon confesseur estime que je dois agir correctement envers mon héritier légitime, renier notre fils Theophilus (mon Dieu, quel horrible nom !), qui héritera de mon titre à ma mort et deviendra comte de Strathsay. J'espère seulement qu'il aura de nombreux fils pour effacer la marque d'infamie laissée par ses géniteurs. Car qui voudrait commémorer la mémoire d'un général papiste rongé par la maladie, qui a échoué dans sa mission de rendre son trône à son monarque, et de sa cruelle femme adultère, la [*censuré*] d'Ely ?

Je suis fatigué et ma très chère Maria, ma douce concubine, qui héritera de tout ce que je ne lèguerai pas à Antonia, attend de pouvoir me tenir la main, m'essuyer le front et me mentir en me murmurant que je vais me rétablir. C'est vous qui auriez dû faire tout cela, madame, si vous aviez été une véritable épouse dévouée et une personne ayant un minimum de décence, mais vous n'êtes rien de tout cela.

Je vous dis au revoir, et je prie pour que nos chemins ne se recroisent jamais, dans cette vie ou la suivante.

James Strathsay

Mademoiselle Moran, Hanover Square, Westminster, Angleterre, à monsieur le duc de Roxton, Hôtel Roxton, rue Saint-Honoré, Paris, France.

Hanover Square, Westminster, Angleterre
Octobre 1745

J'espère que vous vous portez bien, monseigneur !

Je voulais vous prévenir le plus rapidement possible qu'Ellicott et moi sommes bien arrivés à Londres et que notre voyage s'est déroulé sans incident. Enfin, un incident est bien survenu, mais pas pendant que nous voyagions.

En effet, tout le trajet depuis Paris était très bien organisé et s'est parfaitement déroulé, sans que nous rencontrions aucune difficulté. Ellicott s'est assuré avec beaucoup de sollicitude que chaque étape, chaque kilomètre, chaque moyen de transport s'enchaîne de façon plaisante et fluide. Bien sûr, je sais que c'est vous qui avez veillé à la sérénité de ce voyage, que vous êtes celui que je dois remercier. Votre imposant carrosse de voyage, tiré par six chevaux rapides et escorté par un contingent d'éclaireurs, a attiré l'attention sur tout le trajet. Les paysans qui travaillaient dans les champs levaient la tête et nous regardaient passer lentement dans ce magnifique véhicule peint en noir et or, tout comme ceux qui vaquaient à leurs occupations dans les villages que nous traversions. Dès que nous nous arrêtions pour nous rafraîchir, nous attirions une vraie petite foule. Ellicott se dépêchait alors de superviser le déballage du nécessaire de voyage afin que le repas proposé par l'auberge où nous étions arrêtés nous soit servi dans des assiettes en porcelaine, avec des gobelets en cristal et des couverts en argent. Je crois bien que c'était la première fois que je mangeais de la nourriture aussi ordinaire avec des ustensiles si raffinés. Ceci dit, je ne me rappelle pas avoir avalé quoi que ce soit. Selon Gabrielle, j'ai bel et bien mangé et bu, mais tout cela n'avait aucune importance à mes yeux.

Le voyage de Calais à Portsmouth s'est bien passé grâce à votre sloop qui nous a permis de traverser la Manche sans problème. Puis nous avons été accueillis sur le quai par votre carrosse anglais, avec votre cocher et vos valets de pied anglais, tous prêts à nous conduire à Londres.

Je ne vais pas vous ennuyer en vous parlant de mes sentiments ou en vous disant combien vous me manquez, ni en vous demandant encore pourquoi vous vous êtes montré aussi froid avec moi dans votre bibliothèque, à tel point que vous donniez l'impression d'être un homme entièrement différent de celui que vous étiez dans vos appartements privés. J'aurais aimé que vous ayez au moins la politesse d'assister à mon départ, plutôt que de partir immédiatement rejoindre la partie de chasse de Sa Majesté. J'ai pensé à vos mots pleins de haine et à votre départ abrupt pendant de nombreuses heures, mais je reste confuse. Je me rends compte maintenant que je suis malade rien que d'y penser, et je n'ai plus du tout envie de ruminer à ce propos, je vais donc arrêter.

Quant à l'incident survenu à notre arrivée à Londres…

Oh ! Mais laissez-moi d'abord vous raconter ma première impression de Londres. C'est un endroit si bruyant. Bien plus que Paris. Je pense que c'est parce qu'en plus de la cacophonie des carrosses, des crieurs, des bêtes de somme conduites au marché et de l'habituel brouhaha, il y a ici beaucoup de travaux de construction qui sont réalisés dans toute la ville, ou comme m'a corrigée Ellicott, dans Westminster, qui est apparemment une ville à part entière. Oh, et avant que je n'oublie, j'étais très surprise d'entendre Ellicott parler anglais. Tout comme vous lorsque vous parlez cette langue, il donne l'impression d'être une tout autre personne. Mais là où votre voix anglaise est froide et inflexible, Ellicott donne une impression de gentillesse quand il s'exprime dans cette langue, à tel point que j'ai décidé de l'appeler Martin. Il m'a dit de façon très plaisante que je ne pouvais pas faire cela sans votre permission. Mais puisqu'il s'agit de son prénom, c'est à lui de décider si j'en ai le droit ou non, et c'est ce que je lui ai dit.

Martin est une créature trop loyale pour s'opposer à vous et je n'ai pas envie de le contrarier, je continuerai donc à l'appeler Ellicott en public, mais en privé je l'appellerai Martin. C'est un prénom qui lui va bien.

Mais je m'éloigne encore de l'incident dont j'aimerais vous parler. Vous aurez peut-être deviné qu'il est question de ma grand-mère. Parbleu, j'étais très nerveuse à l'idée de la rencontrer ! Je ne savais pas à quoi m'attendre, mais ce qui est sûr, c'est que je ne m'attendais pas à rencontrer une femme qui semble bien plus jeune que son âge, qui a une stupéfiante chevelure rousse et, c'est la partie la plus surprenante, à qui je ressemble beaucoup physiquement et dans l'attitude. Incroyable ! Oui ! Même moi, je vois bien que nous nous ressemblons. J'étais très satisfaite de cette découverte, mais elle ne l'était pas du tout. Elle m'a regardée de haut en bas en fronçant les sourcils et a dit à son amie Lady Paget, en anglais, qu'elle n'était pas du tout sûre d'apprécier ce qu'elle voyait – et c'est de moi qu'elle parlait ! Croyez-vous qu'une grand-mère puisse dire une chose pareille à sa seule petite-fille lors de leur première rencontre ? Je pense que sur le moment, elle ne se rendait pas compte que je comprends l'anglais presque aussi bien que mon français maternel, que je comprenais donc la critique qu'elle faisait de moi. Lady Paget a clairement dit à ma grand-mère qu'un tel commentaire était impoli et que critiquer mon apparence revenait à critiquer la sienne. Ma grand-mère s'est offensée en entendant cela et n'a pas du tout apprécié ce reproche. Elle a fait la moue comme une enfant gâtée et s'est éloignée vers la fenêtre d'un pas théâtral pour cacher sa gêne. Puis elle a essayé de se racheter en déposant un baiser léger sur chacune de mes joues et en tapotant ma main, pour la forme, d'une façon que je n'ai pas du tout appréciée.

Monseigneur, je n'ai jamais rencontré de créature plus vaniteuse ! Elle ne peut passer devant un miroir sans y regarder son reflet ! Et sa façon de s'habiller est assez alarmante ; sa poitrine volumineuse risque à chaque instant de s'échapper de son corsage décolleté, tant et si bien qu'à chaque fois qu'un homme entre dans la pièce où elle se trouve, il ne peut que fixer du regard cette splendide vision exhibée pour son admiration. Si elle n'était pas ma grand-mère, je la prendrais pour une fille de joie. Mais je pense qu'elle est plus vaniteuse qu'elle n'est lascive.

Ainsi, cet incident que je dois encore vous raconter est survenu quand l'un de ses admirateurs est venu lui rendre visite, alors que nous étions en train de prendre le thé avec des biscuits. Buvez-vous du thé, monsieur le duc ? Je n'aime pas du tout cette boisson ! L'eau de vaisselle doit avoir le même goût ! Le thé n'a d'ailleurs pas de goût du tout, et pourtant ici, c'est la boisson phare des salons les plus réputés. Lady Paget me dit que les Anglais raffolent du thé, et qu'il s'agit de quelque chose de tellement précieux que les feuilles noires sont conservées sous clé, dans des boîtes en argent. Y croyez-vous ? Même si je devais vivre jusqu'à cent ans, je pense que cela ne me laisserait pas le temps de m'habituer à cette boisson insipide venue de Chine.

Je reviens à l'incident. Je suis désolée de retarder mon récit, mais j'ai tant de choses à vous dire que toutes mes pensées coulent par le bout de ma plume sans ordre particulier, car je ne souhaite pas oublier un seul détail de mes premiers jours à Londres.

Alors que nous étions installées autour du thé et des biscuits avec grand-mère et Lady Paget, nous avons été interrompues par un gentleman vêtu du haut-de-chausses le plus grotesque que j'avais jamais vu. Et cela en dit long, quand on sait à quoi ressemblent certains ensembles portés dans les couloirs de Versailles ! Ce gentleman s'appelle Percy Harcourt, et c'est le cousin de Vallentine, bien qu'ils ne se ressemblent pas du tout. Monseigneur, vous devez me croire, il portait un haut-de-chausses à pois ! Oui ! À pois ! Des pois noirs. Le vêtement était en velours, tissé de manière à donner l'impression qu'il s'agissait de la peau d'un léopard. Un léopard, je vous dis ! En plus de ce haut-de-chausses à pois, il portait des bas jaune vif et des chaussures noires. Sa redingote était jaune avec des laçages noirs, et l'ensemble m'a fait penser à une créature mythique, comme s'il était mi-homme mi-bête ! Je ne pouvais pas m'empêcher de le fixer du regard ! Harcourt a cru que sa tenue m'impressionnait. Il m'a même confié que ce genre de haut-de-chausses avait le vent en poupe à Naples. Je ne savais pas quoi dire. Mais je n'ai pas eu besoin de dire quoi que ce soit, car il jabotait tant que j'ai cru qu'il avait oublié de respirer et que le manque d'oxygène allait le faire tourner de l'œil !

Bien sûr, il me dévisageait aussi, comme si j'avais deux têtes, et son regard passait de moi à ma grand-mère, je pense donc qu'il n'a pas remarqué mon impolitesse. J'ai fait de mon mieux pour m'empêcher de glousser et j'ai dissimulé mon sourire derrière mon éventail.

Mais je pense que ce n'est pas tant la tenue extraordinaire de monsieur Harcourt qui a contrarié ma grand-mère, mais plutôt le manque d'attention qu'il lui accordait. Pendant tout le temps où il a bu sa tasse de thé, il a surtout discuté avec moi, ce qui, pour être honnête, m'a ennuyée. Non seulement parce qu'il insistait pour me parler en français (une langue qu'il maîtrise très mal), mais aussi parce qu'il ponctuait presque toutes ses phrases d'expressions comme « extraordinaire ! », « ma parole ! » ou encore « je reste sans voix ! », ce qui était bien sûr faux, puisqu'il n'arrêtait pas de parler.

Au bout d'un moment, ma grand-mère était tellement exaspérée par monsieur Harcourt qu'elle a reposé sa tasse et sa soucoupe de manière si brusque que l'ensemble a glissé sur le plateau laqué et a fini par terre. La tasse s'est brisée sur le sol, ma grand-mère s'est levée du canapé d'un bond et s'est exclamée : « Voyez ce que vous me faites faire ! » Sauf que ce n'était pas à monsieur Harcourt qu'elle parlait, mais à moi ! Pourquoi donc ?

J'étais tellement choquée, comme tout le monde dans la pièce, que je me suis excusée en prétextant une migraine, ce dont je ne souffre jamais, et je me suis retirée dans mes appartements pour profiter d'un peu de calme et lui laisser le temps de retrouver son sang-froid. Lady Paget est venue gratter à ma porte pour vérifier que j'allais bien, mais j'ai demandé à Gabrielle de lui dire que je dormais déjà, ce qui était un mensonge. Mais je voulais vraiment rester seule à ce moment-là.

Après tout ce que j'ai traversé et après avoir tant anticipé la rencontre avec ma grand-mère, j'ai été tellement déçue quand c'est arrivé que je me suis demandé si venir la rejoindre était la bonne décision. Il aurait peut-être mieux valu que je reste avec Maria et que je retourne avec elle à Venise. Mais je ne suis arrivée que depuis quelques jours, j'ai donc envie de laisser à ma grand-mère une chance de se remettre du choc et de l'inconfort que lui inspire mon séjour chez elle.

S'il y a un point positif à tout cela, c'est que je suis loin du comte de Salvan et de l'irascible d'Ambert. Demain, je vais rencontrer mon oncle Theophilus, et je prie pour qu'il ne soit pas du tout comme ma grand-mère. Je vous informerai de l'issue de cette rencontre dans une autre lettre. Je vais maintenant conclure celle-ci, car Martin m'a promis de l'emporter avec lui lors de son retour à Paris dans deux jours. Je regretterai sa compagnie. Nous pensons tous les deux que vous ne devez pas vous en sortir sans lui. Je vous en prie, ne lui dites pas que je vous ai dit cela. Il en serait mortifié. C'est un domestique tout ce qu'il y a de plus discret et loyal, et il vous est dévoué.

J'espère que vous aurez la gentillesse de répondre à cette lettre, ainsi je pourrais être sûre que vous allez bien. Veuillez transmettre tout mon amour à madame, et à Vallentine. Je leur écrirai sous pli séparé, ce que j'espère pouvoir faire avant le départ de Martin, afin qu'il puisse repartir avec ces lettres-ci également.

Affectueusement,
Antonia

Estée, madame de Montbrail, Hôtel Roxton, rue Saint-Honoré, Paris, à madame de Chavigny, Hôtel de Créquy-Gravier, Saint-Germain-en-Laye.

Hôtel Roxton, rue Saint-Honoré, Paris
Novembre 1745

Chère tante Victoire,

J'espère que votre pied va mieux et que vous pouvez marcher plus aisément que la dernière fois que je vous ai rendu visite, grâce à la canne que je vous ai envoyée. Entre son joli pommeau en porcelaine rose et son manche en ronce de noisetier de la meilleure qualité, je souhaite que vous puissiez la voir comme un accessoire plutôt qu'une aide nécessaire liée à la maladie ou à l'âge. J'ai entendu dire que ce genre de canne commençait à être en vogue dans les salons les plus chics, où les jeunes dames peuvent en être équipées au même titre qu'un éventail, il faut donc que vous vous en serviez pour montrer que vous vivez dans l'air du temps !

Comment se porte François ? Et Hubert ? Comment vont vos petits oiseaux par ce temps qui se rafraîchit ? Avez-vous rapproché leurs cages des fenêtres dans le jardin d'hiver pour qu'ils puissent profiter d'un peu de chaleur pendant la journée ? Je sais que vous vous inquiétiez à propos d'une gouttière de la tourelle qui gouttait directement dans le jardin d'hiver et sur le tapis d'Orient qui se trouve sous les cages. J'espère que cette affaire est réglée.

Avant que je n'oublie de le mentionner, je vous envoie également le médicament dont je vous ai parlé, la poudre qui vient de Londres. On l'appelle « poudre de James » et beaucoup soutiennent qu'elle a de nombreuses vertus, qu'elle peut soigner la goutte comme le plus simple rhume. Lord Vallentine l'a recommandée et en a fait importer. Apparemment, tout le monde à Londres utilise cette poudre. Sa Seigneurie ne jure que par elle pour apaiser les migraines et il est persuadé qu'elle aidera à atténuer la douleur que vous ressentez toujours dans votre pauvre pied. Même Roxton est d'avis que cette poudre pourrait vous faire du bien. Alors je vous en prie, ma tante, pour une fois, mettez de côté vos drôles d'idées à propos des Anglais et servez-vous de cette poudre pendant au moins une semaine, en suivant les instructions sur le paquet. Vous ne pouvez rien reprocher aux Anglais tant que vous n'avez pas au moins essayé leurs remèdes. S'ils ne fonctionnent pas, vous pourrez alors vous plaindre.

Ma tante, je suis inquiète à propos de Roxton. Mon frère ne l'exprime pas et n'a jamais été démonstratif, que ce soit à propos de ce qu'il ressent ou de ce qu'il pense, mais je vois bien qu'il n'est pas lui-même. Vallentine est de mon avis. Je remarque certains détails, même s'il pense que je ne les vois pas. Il est très préoccupé. Il passe une bonne partie de ses nuits à se promener dans le bosquet de châtaigniers avec ses chiens. Je le sais car les domestiques doivent allumer assez de flambeaux pour qu'il ait l'impression d'être en plein jour ! La quantité de cire qu'il utilise est ahurissante. Mais cela ne représente qu'une dépense minime pour lui, alors pourquoi devrais-je m'inquiéter ? Ce n'est pas de cette dépense dont il est question, mais de ses va-et-vient incessants la nuit, dans le froid, et qui durent parfois plus d'une heure.

Je ne sais pas si vous me croirez, mais il évite maintenant la bibliothèque, sa pièce préférée de la maison ! C'est la vérité, je vous l'assure. Quand il s'y rend, Vallentine dit qu'il ne s'installe pas dans son fauteuil favori, mais dans celui d'en face, comme si sa bergère préférée était déjà occupée ! Son comportement est très étrange et alarmant. Il a pris l'habitude de lire dans le salon. Nous trouvons cela très déconcertant, car nous n'avons jamais été en sa compagnie quand il a le nez dans un livre ! Vallentine a essayé de le secouer en lui proposant une partie de backgammon, mais Roxton a refusé, inventant une piètre excuse comme quoi il voulait se coucher tôt ! Vous devez me croire ! Tout est vrai. J'ai failli tomber de ma chaise en entendant cette excuse. Je suis sûre que cela vous choquera autant que moi. Mon frère, au lit avant minuit ? Invraisemblable !

Je crains non seulement pour sa santé physique, mais aussi pour sa santé mentale. Le pensant malade, j'ai voulu faire venir le médecin, mais Vallentine m'a dit qu'aucun médecin ne pouvait guérir ce dont souffre mon frère. Cela m'inspire beaucoup de peine et d'inquiétude, mais je crois qu'il a raison. Il n'existe qu'un seul remède, et j'ai le cœur lourd quand je pense à quel point je me suis opposée à cette union. Si je l'avais approuvée ou si j'avais fait plus d'efforts pour persuader notre cousin Salvan d'oublier son projet ridicule de marier Antonia à son fils, nous aurions peut-être pu espérer une issue différente.

La présence d'Antonia me manque autant qu'à mon frère, j'en ai peur, car les pièces de cette grande maison ne sont maintenant plus remplies de son rire, de ses bavardages et de ses taquineries incessantes envers Vallentine, qui nous faisaient tous rire, même mon fiancé. Une certaine légèreté avait envahi l'hôtel, comme si c'était toujours le printemps, alors que nous sommes en plein automne, ce dont nous n'avions pas du tout l'impression en sa compagnie. À présent, dedans comme dehors, tout est morne et froid comme pendant le plus lugubre des jours d'hiver.

Pourquoi cette séparation et la tristesse engendrée étaient-elles nécessaires pour faire tomber le bandeau que nous avions sur les yeux et pour que nous voyions enfin ce que nous aurions dû voir depuis le début ? Je ne parle pas seulement de sa présence, mais du fait qu'avant son arrivée parmi nous, nous existions jour après jour, mais nous ne vivions certainement pas. C'est la vérité. Et c'est d'autant plus vrai pour mon frère, dont l'attitude flegmatique et très anglaise à l'égard de la vie ne m'avait jamais dérangée par le passé. Mais désormais, je vois bien que cette attitude l'insupporte lui-même, car la vie ne lui inspire plus autant d'indifférence et d'ennui. Antonia lui a ouvert les yeux, lui a permis de voir d'autres possibilités, et maintenant, et c'est tragique, il ne peut plus fermer les yeux et prétendre qu'il ne voit pas le monde comme elle. Depuis qu'elle n'est plus avec nous pour nous remonter le moral, nous taquiner et nous flatter, mon frère est tombé dans une profonde cuve de morosité et, oh, ma tante, il est en train de se noyer !

Je vais vous dire quelque chose que je n'ai dit à personne à l'exception de mon prêtre au confessionnal : je suis impatiente d'épouser Vallentine et de partir dans les États italiens pour notre lune de miel, ne serait-ce que pour échapper à l'orbite déprimante de mon frère. Quand nous passons plus de temps que nécessaire en sa compagnie, nous absorbons son immense tristesse, et je ne peux plus le supporter. C'est égoïste de ma part, mais je ne peux m'empêcher de ressentir cela, et Lucian est d'accord avec moi.

Pourquoi, oh, pourquoi n'ai-je pas insisté pour qu'Antonia reste avec nous jusqu'au mariage ? Ainsi, cette occasion aurait été heureuse et je n'aurais pas ce sentiment persistant de culpabilité et de colère, envers Salvan qui est à l'origine de tous nos tourments, et envers mon frère, qui est tombé amoureux de cette jeune femme – parmi toutes les femmes qui ont croisé son chemin ! Pourquoi fallait-il que cela tombe sur une femme déjà promise à un autre ? Pourquoi fallait-il qu'elle tombe elle aussi amoureuse de mon frère ? C'est injuste pour eux, mais c'est aussi injuste pour Lucian et moi, car j'aimerais que tout le monde se réjouisse pour nous !

Je vous demande de prier pour nous et pour mon âme, car un tel égocentrisme a assurément dû la noircir à Ses yeux, ce qui est également ma faute !

Roxton vous embrasse, et mon fiancé bien-aimé aussi.

Affectueusement,
Votre nièce,
Estée

Mademoiselle Moran, Hanover Square, Westminster, Angleterre, à monsieur le duc de Roxton, Hôtel Roxton, rue Saint-Honoré, Paris, France.

Hanover Square, Westminster, Angleterre
Janvier 1746

Joyeux Noël et bonne année, monseigneur !

Nous venons de terminer de célébrer l'Épiphanie, mais je n'arrivais pas à dormir, j'ai donc décidé de vous écrire pour tout vous raconter.

Je suis sûre que vous devez tout savoir des sottises qui accompagnent cette saison en Angleterre, bien que je sois persuadée que vous n'y avez jamais participé, que vous préférez rester en retrait et tout observer à travers votre lorgnon avec votre air mi-incrédule mi-méprisant qui agace les autres au plus haut point, mais que je trouve personnellement très amusant ! Car je sais qu'intérieurement, vous êtes hilare en voyant à quels jeux les autres se prêtent sous prétexte que tout le monde s'amuse pendant de telles occasions, et d'autant plus pour fêter l'Épiphanie !

Je tiens à faire jouer Vallentine au *bullet pudding* avec moi un jour. Connaissez-vous ce jeu de Noël ? Peut-être y avez-vous joué dans votre enfance ? Non ! Même à cette époque, je pense que vous vous seriez abstenu et simplement amusé à regarder les autres se ridiculiser. Vallentine a sûrement déjà fait partie de vos malheureuses victimes. Mais je sais qu'il n'y a aucune malveillance en vous, et que Vallentine aurait tout de même apprécié ce jeu.

Laissez-moi vous en parler. Son côté absurde vous plaira, surtout quand je vous dirai qui a fêté l'Épiphanie avec nous chez grand-mère. En effet, nous avons joué à ces jeux dans son salon. C'est moi qui ai insisté, car comment pourrais-je devenir une véritable Anglaise si je ne connais pas toutes les traditions de ce pays ? J'ai insisté auprès de Theo, qui a insisté auprès de grand-mère, soutenu par Lady Paget, Miss Harcourt et son frère Percy. Au bout d'un moment, grand-mère a capitulé en levant les bras au ciel et en disant que nous pouvions faire ce qui nous plaisait. Je vous imagine sourire face à ma superbe manipulation. Mais c'était pour le bien de tout le monde, je vous l'assure. Pourquoi ne pas tous nous amuser à une telle occasion ? Vous n'y participeriez pas, mais vous n'empêcheriez pas les autres de s'amuser.

Bien, le jeu de *bullet pudding*. Je vais tout vous expliquer.

Je vais commencer par lister les accessoires nécessaires pour le jeu en lui-même : une grande quantité de farine, un large plateau en argent et une balle de pistolet. Ce sont des choses bien étranges à rassembler. Incroyable, non ? Le plateau est positionné au milieu de la table et la farine est versée dessus et façonnée de sorte à créer une montagne escarpée de tous les côtés, une sorte de volcan. Il faut être habile pour créer cette forme, et la farine doit être bien compacte pour que le tas ne s'éboule pas et qu'il garde sa forme de volcan. On place une balle sur le dessus de ce volcan de farine, de façon à ce qu'elle ne soit pas directement engloutie. Cette petite balle de plomb parfaitement ronde doit rester au sommet jusqu'au début de la partie. La balle doit être placée par une main très stable pour éviter qu'elle ne tombe immédiatement dans la farine et soit perdue. Le jeu serait alors terminé avant même d'avoir commencé !

C'est Theo qui a la main la plus stable, c'est donc à lui qu'est revenue la responsabilité de placer la balle sans déranger la pyramide de farine. Il a pris son temps, l'a placée très délicatement et lentement. Mais il était trop lent pour grand-mère, qui n'arrêtait pas de se plaindre qu'il mettait trop de temps et que peut-être l'un des domestiques serait mieux placé pour déposer la balle. Je ne sais pas comment Theo a fait pour garder son calme, mais il y est parvenu. Nous étions nombreux autour de la table à attendre impatiemment de commencer à jouer.

La balle a trouvé sa place, et nous avons réellement pu commencer à nous amuser. Au début, tous les joueurs se voient confier un couteau à beurre et à tour de rôle, ils insèrent délicatement la lame dans la montagne de farine avant de ressortir le couteau tout aussi délicatement pour éviter de déranger la farine et de faire tomber la balle sur le dessus. Quand chacun a pu jouer, on recommence un tour. Bien sûr, nous sommes tous devenus impatients, nos gestes sont donc devenus plus hachés. Nous étions presque tous en train de rire les uns des autres tandis que le tas de farine commençait à diminuer et que la balle commençait à s'y enfoncer !

À votre avis, que se passe-t-il quand la balle disparaît dans la farine ? Nous abandonnons nos couteaux et chacun notre tour, nous plongeons le nez et le menton dans la farine à la recherche de la balle. Nous n'avons pas le droit d'utiliser nos mains. Nous pouvons seulement extraire la balle avec notre bouche.

Bien sûr, à cette étape, nous étions moins nombreux à jouer au *bullet pudding*. Pour commencer, Charlotte a refusé de plonger son visage dans la farine, et Lady Paget aussi. Theo n'en avait pas très envie non plus, mais je lui ai dit que je serais très contrariée s'il abandonnait la partie. Après tout, si monsieur Harcourt avait le courage de plonger le visage dans la farine pour chercher la balle et moi aussi, pourquoi pas Theo ? Nous n'étions donc plus que tous les trois à jouer et les autres se sont reculés et nous ont observés avec stupéfaction, car, monseigneur, j'étais aussi déterminée que n'importe qui à trouver cette balle, et tant pis pour la farine qui a fini sur mon visage et sur ma robe !

Mais laissez-moi vous dire que le rire et la farine ne font pas bon ménage ! Je m'amusais tellement que je ne pouvais m'empêcher de glousser en voyant les visages entièrement recouverts de farine de monsieur Harcourt et Theo ; seuls leurs yeux ressortaient et ils me regardaient d'un air ahuri. Je me rends compte que je devais avoir la même tête ridicule qu'eux, et nous riions tellement que nous envoyions de la farine partout sur la table ! Et le pauvre monsieur Harcourt a été pris d'une vraie crise de toux et d'éternuements, car il a inhalé de la farine qui lui est directement remontée dans le nez, et ses yeux n'arrêtaient pas de pleurer. Rapidement, son visage n'était plus recouvert de farine, mais d'une étrange pâte, car ses larmes se mélangeaient à la farine et formaient des grumeaux. C'était une vision affreuse, mais cela nous a fait rire encore plus fort avec Theo. Il était impossible de briser le cycle du ridicule !

Naturellement, grand-mère était mécontente de voir le jeu prendre cette tournure absurde, elle a donc voulu y mettre un terme, mais c'est à cet instant que Theo a relevé la tête dans un grand geste rapide et dramatique ; il arborait un large sourire et entre ses dents se trouvait la balle !

Tout le monde s'est mis à applaudir à tout rompre, de soulagement je pense, mais nous étions surtout en train de rire de grand-mère, car Theo a relevé la tête au moment exact où elle s'est avancée pour mettre fin à nos absurdités, et la farine qu'il avait sur le visage s'est envolée en un gros nuage blanc quand il a soufflé, recouvrant grand-mère de farine de la tête aux pieds !

Vous comprenez mieux pourquoi je veux jouer au *bullet pudding* avec Vallentine.

Je vais vous raconter un dernier jeu avant de conclure cette lettre et d'essayer de dormir, car il est maintenant très tard et ma bougie va bientôt s'éteindre. Je pourrais en allumer une autre, mais grand-mère demande maintenant aux bonnes de compter mes bougies et de lui dire combien j'en utilise, afin qu'elle puisse déterminer combien d'heures par nuit je reste éveillée alors que je devrais dormir.

J'aimerais me dire qu'elle fait ceci parce qu'elle s'inquiète pour mon bien-être, mais je ne suis pas si naïve. Elle s'inquiète, c'est vrai, mais ce qui l'inquiète, c'est que je sois encore réveillée tard le soir quand elle reçoit l'un de ses amants et que je puisse entendre les allées et venues dans sa chambre. Ces amants ne restent pas dormir, les valets de pied doivent donc attendre de pouvoir raccompagner ces lèche-bottes (un mot déplaisant que j'ai entendu Theo employer pour parler de ces hommes qui rendent visite à sa mère) à la porte quand il est temps pour eux de partir. Un soir, j'ai entendu un grand bruit dans l'escalier près de ma porte, et je suis sûre qu'il s'agissait de l'un de ces hommes qui a trébuché, peut-être bien sur ses propres pieds, en se dépêchant de sortir dans la nuit.

Mais je ne vais pas écrire plus de détails à ce propos, car je pense avoir déjà mentionné ces allées et venues nocturnes dans l'une de mes précédentes lettres, et je ne veux pas vous ennuyer en me répétant. Il y a néanmoins une chose que je vais répéter à propos de ces rencontres charnelles : ma grand-mère et ses amants en tirent peut-être une satisfaction physique temporaire, mais son cœur, j'en suis persuadée, reste insatisfait et son esprit vide. Je ne vois pas l'intérêt de se satisfaire physiquement sans que le cœur et l'esprit soient impliqués dans cette activité si plaisante. C'est le seul moyen de se satisfaire réellement. Ces hommes sont assez jeunes pour être ses fils, et je suis sûre qu'ils ne pensent pas du tout avec leur cerveau et qu'ils laissent très certainement leur cœur à l'extérieur. Mais je ne peux pas nier que vous me manquez d'autant plus à cause de ces rendez-vous galants nocturnes, car je regrette énormément de ne plus faire l'amour avec vous. Ce n'est cependant rien comparé au fait que mon esprit et mon cœur sont immensément démunis sans vous. Ce qui me manque le plus, c'est d'être lovée dans vos bras dans votre grand lit, à moitié endormie et pourtant à moitié réveillée, quand nous étions tous les deux blottis au milieu des couvertures et des oreillers, loin du monde extérieur, loin de tout et de tout le monde. Rien que tous les deux.

Vous remarquerez que j'ai fait couler l'encre avec une larme, et vous me prendrez pour un gros bébé d'être aussi sentimentale, mais je ne peux pas m'en empêcher. Voilà qui je suis, et ce que je ressens.

J'ai séché mes larmes à présent, et je vais continuer à écrire un peu avant d'aller dormir. Peut-être qu'à mon réveil demain matin, je découvrirai qu'une lettre de votre part m'attend.

Bien, nous avons donc joué à un autre jeu ce soir, après avoir nettoyé la farine qui nous recouvrait – bien que nous n'y soyons pas entièrement arrivés, car notre apparence nous faisait encore rire une heure plus tard, Theo et moi. Nous devions échanger de grands sourires, car grand-mère a voulu savoir quelle plaisanterie privée nous partagions, même si nous lui avons assuré qu'il n'était question d'aucune plaisanterie privée. Elle a cru que nous lui cachions quelque chose !

Pour jouer à cet autre jeu de Noël, nous avions besoin d'un bol de brandy, de raisins secs et d'amandes et d'une flamme pour mettre le feu à l'alcool. Nous avons mis les raisins secs et les amandes dans le bol, puis nous avons versé du brandy dessus, juste assez pour les recouvrir. Puis nous avons mis le feu au brandy ! Oui ! La flamme était bleue et le bol rougeoyant ! Ce qui coupe le souffle et fait battre le cœur plus vite, c'est que les joueurs doivent ensuite passer les doigts à travers cette flamme pour récupérer autant de fruits que possible avant de se brûler. Les joueurs tentent leur chance à tour de rôle, et en fonction du nombre d'amandes et de raisins secs récupérés à chaque essai, on en rajoute dans le bol et on remet le feu au brandy !

Je vous assure qu'aucun de nous ne s'est brûlé les doigts. Quant aux gentlemen qui avaient de la dentelle autour des poignets, ils l'ont enlevée ou l'ont remontée pour qu'elle ne prenne pas feu, ce qui serait arrivé à un invité lors d'une autre soirée ; sa dentelle a pris feu et il s'est mis à courir partout en criant. Theo dit qu'il n'était même pas grièvement brûlé, qu'il était surtout sous le choc.

Mes efforts m'ont permis de récupérer cinq amandes et deux raisins secs. Mais je n'arrêtais pas de rire, ce qui ne m'a pas aidée. La meilleure partie de ce jeu, c'est d'observer les autres quand ils plongent les doigts dans la flamme ; au début, ils sont horrifiés et pétrifiés, mais ils se détendent un peu quand ils se rendent compte qu'ils ne se brûlent pas immédiatement, et c'est la pire chose à faire, car ils deviennent alors complaisants et c'est là que la flamme brûle, quand on s'attarde.

Je vais aller dormir maintenant, car je suis très fatiguée. Dans ma lettre de demain, je vous parlerai du gui qu'on accroche dans la maison ; si on passe dessous, il est obligatoire d'embrasser la personne qui se trouve à côté (si elle est du sexe opposé). J'ai décidé que quand nous partagerons une maison un jour, je demanderai aux domestiques d'accrocher du gui au-dessus de chaque porte pendant la période de Noël, ce qui nous donnera une opportunité de nous embrasser à chaque fois que nous passerons d'une pièce à l'autre. Ne vous inquiétez pas, je m'assurerai de ne pas m'attarder dans les embrasures de porte cette année…

Votre compagnie me manque terriblement, et d'autant plus, si cela est possible, à cette période de l'année, alors que toute la famille est réunie et s'amuse beaucoup. M'amuser sans que vous soyez ici avec nous ne me semble pas correct.

Avec tout mon amour,
Antonia

Mademoiselle Moran, Hanover Square, Westminster, Angleterre, à Signora *Maria Giovanna Casparti, Fitzstuart Il Palazzo, San Marco, Venise.*

[*Traduit de l'italien.*]

Hanover Square, Westminster, Angleterre
Février 1746

Gentile Signora,

Je vous en prie, pardonnez-moi de ne pas vous écrire une lettre détaillée à propos de mon séjour ici, ni de répondre dans cette lettre à chacune des nombreuses questions que vous m'avez posées, car je sais que je vous dois des réponses. Mais dans mon état actuel, je ne puis penser à rien d'autre qu'à mon malheur, et quand je vous révèlerai de quoi il est question, vous allez me trouver horrible. Mais je prie, très chère Maria, pour que vous me pardonniez ceci, et bien plus encore.

Vous devez vous demander pourquoi mon écriture est affreusement illisible ; c'est parce que j'ai le cœur brisé. Je n'ai que peu dormi, je vous demande donc d'excuser mon écriture et mon italien plein de fautes. Oh, si seulement vous n'aviez que cela à pardonner ! En réalité, il s'agit du dernier de mes soucis.

Maria, je suis allée au théâtre hier soir, et monsieur le duc de Roxton en personne est apparu à l'entracte ! Oui, je vous l'assure, monseigneur est enfin rentré. Et personne ne m'a prévenue que cet événement se produirait. Grand-mère, Theo, Lady Paget, Charlotte, ils ont tous conspiré pour me le cacher. Pourquoi ? Pourquoi faire une telle chose, à moins que lui-même ne voulait pas que je l'apprenne ? Mais je me demande pourquoi une nouvelle fois, tout comme, ces derniers mois, je me suis souvent demandé pourquoi il ne répondait jamais à mes lettres.

Oh, Maria, ma tête et mon cœur souffrent tant. Je n'ai plus de larmes pour pleurer, mais je ne peux endurcir mon cœur. J'étais tellement heureuse de le voir que je me suis précipitée vers lui sans réfléchir à l'endroit où nous nous trouvions ou aux autres personnes présentes, et j'ai laissé échapper qu'il m'avait énormément manqué. Je m'attendais à ce qu'il reconnaisse au moins qu'il était heureux de me voir. Mais il n'en a rien fait. Il m'a reproché, non pas verbalement, mais je le voyais bien dans ses yeux, de l'avoir embarrassé en public. J'aurais dû me rappeler que l'aristocrate connu du public est très différent du gentleman que je connais en privé.

Il est bien normal que monsieur le duc de Roxton n'ait pas apprécié d'être agressé ainsi dans un lieu public, alors que si nous avions été dans sa chambre, Renard m'aurait immédiatement prise dans ses bras et m'aurait fait tourner dans toute la pièce jusqu'à ce que nous ayons tous les deux le tournis et retombions sur les oreillers pour éviter de nous écrouler par terre, et nous aurions ri pendant tout ce temps !

Je me répète que quoi qu'il arrive à partir d'aujourd'hui, j'aurai toujours le souvenir de ces six merveilleux jours passés ensemble, seuls dans ses appartements. Je vous ai révélé dans une précédente lettre que je m'étais offerte à monsieur le duc, et je n'en ressens toujours aucun regret. Aucun. Pas même ce matin, alors que je vous écris cette lettre avec les yeux rouges et gonflés à force de pleurer et alors que je ne sais toujours pas s'il m'aime réellement autant que je l'aime.

Mais avant de continuer, je vous en prie, vous devez me croire quand je vous dis qu'il ne m'a pas séduite. Je me souviens qu'il s'agit d'une des questions que vous m'avez posées. Alors, ai-je réellement tout orchestré pour qu'il me séduise ? J'insiste, c'est exactement ce qu'il s'est passé ! Il ne se serait jamais introduit dans mes appartements. Mais je me suis introduite dans les siens, une nuit, seulement vêtue d'une chemise et avec mes cheveux retombant dans mon dos – ainsi, comment aurait-il pu me résister ? Ha ! Je ris de ma propre malice en écrivant ce qu'il s'est passé, et je me sens un peu mieux à présent. Imaginez-moi, une petite sotte qui ne connaît rien aux usages de la chambre à coucher, séduisant le plus grand roué de tout Paris ! J'imagine aussi que maintenant que monsieur le duc a eu le temps d'y réfléchir, il a dû se rendre compte avec stupéfaction que nos rôles se sont inversés dans le jeu de séduction. Assurément, le grand roué devrait être celui qui séduit, et pas la jolie ingénue, n'est-ce pas ? Peut-être que sa grande arrogance l'empêche de tolérer cette simple vérité, et que c'est la raison pour laquelle il m'a traitée hier soir avec le mépris glacial qu'il réserve habituellement aux autres ?

Mais je me moque de savoir qui a initié notre aventure. Tout ce qui m'importe, c'est qu'elle ait eu lieu ! Je ne rejette la faute ni sur lui, ni sur moi-même, et je ne voudrais pas changer une seule minute à la semaine que nous avons passée ensemble. Pas même aujourd'hui, alors que ma vie est sur le point de changer de la façon la plus choquante qui soit.

Ma très chère Maria, vous devez penser que je ne peux pas vous choquer plus encore, mais c'est assurément ce qui va arriver, je le sais, quand je vous dirai, même si j'aimerais le nier, que je suis très certainement enceinte.

Je ne l'ai dit à personne, mais je soupçonne ma femme de chambre, Gabrielle, d'être au courant. Elle l'est forcément ! Vous devez me trouver d'autant plus sotte d'avoir laissé une telle chose se produire. Mais comment aurais-je pu l'éviter ? Comment aurais-je pu anticiper une telle issue ? À présent, vous me trouvez plus sotte encore. Mais pour être honnête, la possibilité de tomber enceinte était la dernière chose que j'avais à l'esprit quand nous faisions l'amour ! Maintenant que cette possibilité est presque une certitude, elle ne me dérange pas du tout.

Ma situation aura au moins le mérite de mettre un terme au projet du comte de Salvan de me faire épouser Étienne. Ceci dit, avec toutes ses machinations, je n'exclus pas la possibilité que ma grand-mère se serve de mon état pour me marier encore plus rapidement au vicomte. Et c'est pour cette raison que je dois partir d'ici avant que ma condition ne devienne apparente. Et parce que je ne veux pas représenter un fardeau ou une source d'embarras pour ma famille, ni pour monsieur le duc, surtout si mes sentiments pour lui ne sont réellement pas réciproques.

J'espère donc que vous approuverez mon projet de vous rejoindre, pour que je puisse donner naissance à mon bébé à Venise.

Voudrez-vous bien de moi, très chère Maria ? Je ne puis penser à personne d'autre qui pourrait compatir à mon malheur, prendre soin de moi et, quand l'heure sera venue, prendre aussi soin de mon bébé. Car j'ai l'intention de le garder, et non de l'abandonner, comme j'ai entendu dire que cela arrivait à certaines femmes de bonne famille qui ont un enfant hors mariage. Pourquoi devrais-je abandonner mon enfant, ma chair, conçu dans l'amour ? Voilà une chose dont je suis convaincue. J'ai de quoi lui offrir une belle vie, bien que privée de père, et je m'assurerai qu'il ne manquera jamais d'amour et de confort, même si ses opportunités seront limitées par les circonstances de sa naissance…

Oh, Maria, je suis si triste. Je ne peux pas faire taire mes sentiments pour lui, et pour ce bébé qui n'est pas encore né. Je sais que vous me prenez pour une petite sotte, mais j'imagine que quand on aime profondément, la chute dans le désespoir, si elle arrive, est plus grande encore. Je doute que mon cœur puisse guérir un jour. Mais pour le bien de cette nouvelle vie, je suis déterminée à ne pas m'apitoyer sur mon sort. Tous nos choix ont des conséquences, je dois donc les accepter et en tirer le meilleur.

Je ne dois pas écrire un mot de plus. Gabrielle est déjà venue me voir deux fois, car Charlotte doit bientôt arriver pour m'emmener chez son frère. Je vous enverrai cette lettre de là-bas, pas d'ici, car je crois que mes lettres sont lues ; c'est en tout cas ce que pense Gabrielle. Je ne suis pas certaine que ce soit vrai. J'espère recevoir votre réponse dans le mois. En attendant, je vais préparer mon départ.

Je vous embrasse affectueusement,
Antonia

Le Noble satyre
Lettre 7

Renard, duc de Roxton, à Antonia, duchesse de Roxton.

*[Déposée sur la coiffeuse d'Antonia
le lendemain de leur nuit de noces.]*

Antonia, je vous aime. Ce sont trois petits mots simples, mais je ne les ai jamais prononcés ou couchés sur le papier pour qui que ce soit d'autre, je ne les dis qu'à vous. Je n'aimerai jamais personne comme je vous aime. Je ne chérirai jamais personne comme je vous chéris. Je n'aimerai jamais que vous.

Aujourd'hui est le jour le plus heureux de ma vie, car il s'agit du premier jour du reste de ma vie, que je passerai avec vous. Ce n'était pas hier, quand nous nous sommes mariés en présence de témoins, devant un pasteur et en récitant des mots que d'autres ont récités avant nous et d'autres encore réciteront après nous. J'étais nerveux, vous étiez sereine et inébranlable. J'étais impatient que la cérémonie se termine et que nos invités repartent. Hier, nous étions encore en chemin, mais aujourd'-hui, maintenant, ici, tous les deux, aujourd'hui je suis votre mari et vous êtes ma femme. Je suis toujours abasourdi d'écrire ces mots, car je pensais réellement ne jamais me marier. Puis vous êtes arrivée dans ma vie, en virevoltant, je devrais le préciser, dans votre tourbillon de soieries et de sourires…

Vous dormez paisiblement dans notre lit, mais je n'arrive pas du tout à dormir. Je crains de m'endormir et, à mon réveil, de me rendre compte que vous n'êtes plus là, de me retrouver tout seul. Je suis sûr que cette appréhension s'apaisera un peu plus chaque nuit que nous passerons ensemble en tant que couple marié, jusqu'à ce qu'un jour, je m'endorme avec vous dans mes bras et qu'à mon réveil, je découvre que vous êtes toujours blottie dans mon étreinte et me dise qu'il s'agit de la chose la plus naturelle au monde. Mais ne pensez pas un instant que je prendrai jamais notre mariage pour acquis. Il est précieux ; désormais, je vous fais la promesse de chérir notre union pendant le restant de mes jours.

Vous m'avez dit qu'après avoir partagé mon lit, vous ne pouviez plus dormir sans moi. Quant à moi, je ne peux plus vivre sans vous. Car avec vous, je suis celui que j'étais censé être. Je me demande à présent si jusque-là, je ne vivais pas tel un mort, un spectre, doué de la vue et du toucher mais dénué de la capacité à éprouver des sentiments. C'est comme si j'avais traversé la vie en flottant, sans jamais vraiment la vivre. Quand suis-je devenu cette personne ? Comment ai-je pu déambuler dans les couloirs des rois dans cet état de paralysie ? Je mangeais sans sentir le goût des aliments, je regardais sans voir, je touchais sans rien ressentir. Et tout ce temps, mon cœur était méprisant et mon âme perdue. Jusqu'à ce que vous arriviez.

J'ai toujours considéré que mon ascendance était un fardeau à porter, de la façon la plus arrogante qui soit. Je suis bien conscient de ma place prééminente dans ce monde, et j'admets être suffisant et vaniteux. J'ai souvent pris sans penser aux conséquences pour les autres, et sans donner librement en retour. Par nature, je suis méfiant et réservé. Tout ceci, vous le savez et l'acceptez, et vous ne m'avez jamais mis sur un piédestal. Vous n'avez jamais non plus douté de mon droit d'être ainsi. Vous m'aimez inconditionnellement, et ne serait-ce que pour cela, je suis béni. C'est un présent merveilleux que vous m'avez offert.

Vous avez toujours été prête à voir le bon chez les autres avant toute chose, et vous ne voulez que le meilleur pour eux. Je m'émerveille de la façon dont vous vous réjouissez de vivre chaque jour pleinement. Vous observer, être avec vous, vivre en votre compagnie, tout cela fait de moi quelqu'un d'entier.

Pour vous seule, je m'efforce d'être un homme meilleur ; de mieux vivre ma vie ; de connaître ses joies et ses plaisirs ; de ne jamais vous décevoir ; et je ne gâcherai pas un seul moment de la vie qu'il me reste – avec vous.

Je joins quelques strophes à cette lettre, et présente mes excuses à la poétesse du xviie siècle pour avoir pris des libertés avec son poème[1].

Mon cœur, mon corps et mon âme vous appartiennent entièrement.

Je suis éternellement vôtre,
Renard

---

[1] Poème original : *On Desire* d'Aphra Behn, publié pour la première fois en 1688 dans *Lycidus, or the Lover in Fashion*.

Poème de Renard pour Antonia :

Maintes fois je t'ai conjuré d'apparaître
Par la jeunesse, par l'amour, par tous leurs pouvoirs,
Partout je t'ai cherché et sollicité,
Dans les bosquets silencieux et les charmilles égarées :
Sur les lits fleuris où les amants avec leurs souhaits s'étirent,
Dans les forêts abritées où les jeunes filles qui soupirent
Se hâtent vers leurs bergers attitrés,
Et cachent dans la noirceur des ombres leurs joues colorées.
Mais là, même là, bien que jeunesse soit assaillie,
Là où beauté se prosterne et fortune courtise,
Mon cœur, insensible, devant ni l'une ni l'autre ne s'inclina.

Dans les cours, ton véritable cercle, je t'ai alors cherché,
Mais dans les foules tu étais étouffé,
L'intérêt motivant toutes les affaires d'amour,
Invitant les amants et les jeunes filles à leur tour.
De ta force puissante et omniprésente,
Quel pouvoir humain ou divin m'as-tu insufflé,
À moi, au cœur jusqu'alors inflexible ?
Oui, oui, mon amour, je t'ai trouvé maintenant ;
Et j'ai trouvé à qui tu dois ton existence,
C'est toi qui révèles les couleurs,
C'est toi qui trembles dans mon cœur.

Je défaille, je meurs dans une plaisante douleur,
Mes mots s'immiscent, mes soupirs se brisent
Chaque fois que je touche ta sublime silhouette,
Chaque fois que je te regarde, que je te parle,
Ton esprit flamboyant se mêle à mon amour,
Comme dans les sanctuaires glorifiés
À tout jamais…

*Le chevalier Frederick Moran, Moran Il Palazzo, San Marco,
Venise, à la très honorable comtesse de Strathsay, Hanover Square,
Westminster, Londres, Angleterre.*

Moran Il Palazzo, San Marco, Venise
Février 1743

Madam,

Indubitablement, recevoir une lettre de votre ancien gendre après un silence de plus de six ans doit vous faire l'effet d'un éclair déchirant le ciel, inattendu et indésirable. Il est vrai que je ne vous ai précédemment écrit qu'à deux occasions. Je ne parle pas de « correspondance », car je n'ai reçu aucune forme de réponse de votre part, ce qui ne m'a absolument pas surpris.

Je ne m'attends donc pas à ce que vous répondiez à cette lettre. Je vais tout simplement partir du principe que vous la recevrez et que, comme vous l'avez possiblement fait avec mes précédentes lettres, vous jetterez mes mots dans les flammes de votre cheminée. Cependant, je ne doute pas que vous lirez ce billet. Comment pourriez-vous ne pas le lire ? Vous êtes une femme superficielle d'esprit et d'opinion, vous devez donc lire toutes vos lettres, peu importe quels sentiments vous inspire son expéditeur – la curiosité vous y oblige.

Vous jetez peut-être mes lettres au feu, mais cela n'empêchera pas mes mots de rester à jamais sur votre conscience. Je n'ai aucun doute là-dessus. Mais laissez-moi satisfaire votre curiosité en vous révélant pourquoi le mari de votre fille et le père de votre unique petite-fille prend la peine de gâcher de l'encre pour vous écrire, à vous, madame, qui n'avez jamais réussi à témoigner le moindre soupçon d'affection maternelle ou d'amour envers votre fille ou la mienne.

Je vous écris par politesse, rien de plus. Vous n'avez peut-être pas la décence de reconnaître la chair de votre chair, mais l'honneur m'empêche de tomber aussi bas que vous.

J'ai cru entendre dire que votre fils est un homme bien, il semblerait donc que vos deux enfants aient hérité du sens de l'honneur et de la profondeur de sentiments de leur père. Si ma femme n'avait pas eu la même chevelure d'un roux flamboyant que vous et si ma fille n'avait pas hérité de votre beauté physique exceptionnelle, je n'aurais pu être sûr que vous avez donné naissance à ces enfants par voie génitale et qu'ils n'ont pas été échangés à la naissance !

Je vous ai écrit lors d'une joyeuse occasion, la naissance de notre premier et seul enfant, notre fille Antonia Diane. Elle était tant désirée, et sa naissance était attendue avec tant d'impatience. Elle ne nous a jamais déçus. Elle est une bénédiction et n'a été que joie dès ses premiers pleurs. Et ce qu'elle a hérité en beauté, elle le possède au centuple en intelligence, en curiosité et en compassion. Vous pouvez penser qu'il s'agit d'une excentricité due à ma propre intelligence, mais j'ai toujours décrié le fait que l'on puisse empêcher quelqu'un avec des facultés intellectuelles supérieures de développer tout son potentiel en étudiant à l'université à cause de ses origines familiales ou de son sexe. Antonia aurait fait une excellente érudite et aurait sans doute suivi la voie de son père en devenant médecin si elle avait été autorisée à développer pleinement son potentiel intellectuel. Je l'ai éduquée au mieux et j'ai employé des tuteurs pour elle comme si elle était mon héritier masculin, et elle a surpassé toutes mes attentes. Elle parle, lit et écrit en latin, en grec, en français et en italien en plus de l'anglais. C'est une lectrice avide, et elle est tout aussi curieuse. Et elle n'a que quinze ans ! Si seulement on m'avait laissé plus de temps sur cette terre, j'aurais pu la voir devenir femme. Mais je m'égare vers un sujet qui ne vous intéresse nullement.

Avez-vous, madame, envoyé le moindre mot d'éloge ou de bienvenue à la naissance de votre petite-fille ? Vous êtes-vous au moins renseignée quant à la santé de votre seule fille après un accouchement long et pénible ? Vous n'avez pas usé une seule goutte d'encre du bout de votre plume, créature sans cœur !

Vous avez eu le privilège de lire mes mots une seule autre fois, quand votre fille est morte en couches. Ma très chère Jane a fait tout son possible pour me donner un fils, mais elle et l'enfant en sont morts. Je n'ai même pas eu le réconfort de tenir le cadavre de mon bébé dans mes bras. Je les ai pleurés tous les deux, mais j'ai surtout pleuré longtemps et amèrement la mort prématurée de l'amour de ma vie, à l'âge tendre de vingt-deux ans seulement. Elle me manque chaque jour depuis, et ma fille a dû grandir sans l'amour et le dévouement d'une mère. Vous avez dû voir que l'encre avait coulé à cause de mes larmes dans la lettre que je vous ai envoyée pour vous informer de sa mort, mais vous n'avez pas su nous accorder un seul mot de réconfort, une seule once de compassion, de compréhension ou de chagrin partagé.

Alors pourquoi essayer de réveiller votre conscience et de vous pousser à l'action cette fois-ci ? Car, madame, je vais mourir. Je ne demande pas votre compassion, je n'en veux pas. Je souffre, mais je ne crains pas la mort. La mort me libérera des sensations terrestres et me permettra de retrouver ma femme et mon fils. Mais je résisterai au trépas de chaque fibre de mon être tant que je ne serai pas certain que l'avenir de ma fille est assuré. Antonia va devenir orpheline, et ce avant son seizième anniversaire, j'en suis sûr. Elle sera seule au monde, et ne pourra plus compter que sur son grand-père – l'époux dont vous êtes séparée –, sur vous et sur votre fils – son oncle.

Vous êtes tous des étrangers pour Antonia, et puisque vous êtes dénuée de tout instinct maternel, madame, elle s'en tirerait mieux si je la confiais au chiffonnier au pied de notre villa !

J'ai l'intime conviction que son grand-père lui viendrait en aide, mais il est vieux et fragile, et j'ai également entendu dire qu'il quitterait ce monde avant moi. J'ai donc fait appel à celui qui, en tant que chef de famille, la famille à laquelle ma fille appartient, se chargera de faire respecter mes dernières volontés. Je veux parler de Sa Grâce le très noble duc de Roxton, votre cousin.

Le duc sera mon exécuteur testamentaire, et j'ai fait de votre fils, Theophilus Fitzstuart, le deuxième comte de Strathsay (car il héritera bientôt du titre), le tuteur de ma fille jusqu'à son vingt-et-unième anniversaire, âge auquel elle héritera de mon considérable patrimoine.

Vous devez vous demander pourquoi je vous confie des détails aussi banals et, à vos yeux, inutiles ; c'est parce que je vous interdis d'interférer dans l'avenir de ma fille de quelque manière que ce soit. Vous n'avez jamais essayé de vous renseigner à son propos de mon vivant, alors n'essayez pas de vous insinuer dans sa vie quand je ne serai plus là. Je vous connais mieux que vous ne l'imaginez – si vous pensiez qu'il existait un moyen d'utiliser ma fille comme arme contre votre époux, vous le feriez.

Sachez ceci : j'ai écrit à votre mari et lui ai offert mon soutien total s'il devait y avoir le moindre conflit au sujet de la tutelle et de l'héritage de ma fille. Vous ne pourrez intervenir sous aucun prétexte.

Je vous ai fait une concession, voyez-la comme un cadeau d'adieu : je n'ai pas empoisonné l'esprit de ma fille à votre propos. Elle ne sait toujours rien de votre comportement répréhensible, et j'espère qu'elle n'en saura jamais rien. J'ai fait cela pour son bien, pas le vôtre ; je lui ai permis de grandir dans un conte de fées, dans lequel elle a pu croire qu'elle a des grands-parents gentils et aimants et un oncle qui l'aime également, et que tous se soucient de son bien-être, bien que ce soit depuis les lointaines côtes anglaises. Vous ricanez peut-être de ma stupidité, mais ne vous y trompez pas ; je fais entièrement confiance à l'intelligence de ma fille. Il lui suffira de cinq minutes en votre compagnie, madame, pour se faire une opinion de vous, opinion qui reflètera sans aucun doute la mienne ! Elle n'est pas sotte. Vous feriez bien de ne pas l'oublier, si vous veniez à la rencontrer.

Je sais que nous ne nous reverrons plus jamais. Ma conscience et ma vie ne sont pas entachées, je suis donc voué à aller au paradis. Mon éternité et la vôtre, j'en suis sûr, vont prendre des chemins différents.

Le gendre de madame la comtesse,
Le chevalier Frederick Moran

[Cette huitième lettre supplémentaire est intégrée ici, à la fin du premier ensemble de lettres, sans être insérée chronologiquement, car elle n'a pas été trouvée parmi la correspondance découverte dans l'escalier secret à Treat ; elle était restée en possession des comtes de Strathsay. Elle a généreusement été offerte pour être copiée et intégrée dans ce volume par Lady Violet Fitzstuart, fille aînée du huitième comte de Strathsay et sœur de l'actuel (et neuvième) comte. Elle nous permet, de manière incommensurable, de mieux comprendre les jeunes années d'Antonia Moran, avant son mariage au cinquième duc de Roxton, quand elle vivait à Venise avec son père, l'estimé médecin et professeur en médecine, le chevalier Frederick Moran. Le chevalier a écrit cette lettre juste avant de mourir de sa maladie en phase terminale, faisant de sa jeune fille une orpheline.]

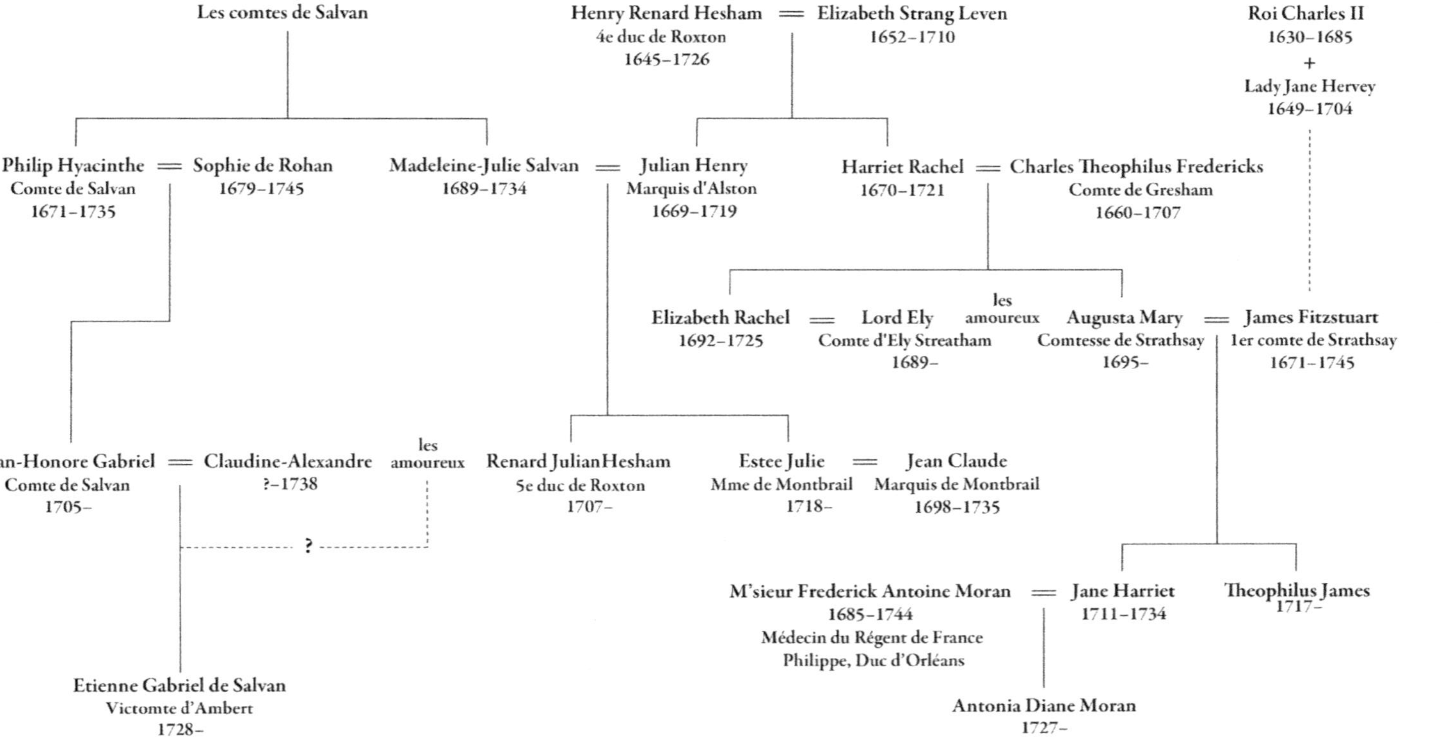

Les comtes de Salvan

Henry Renard Hesham = Elizabeth Strang Leven
4e duc de Roxton   1652–1710
1645–1726

Roi Charles II
1630–1685
+
Lady Jane Hervey
1649–1704

Philip Hyacinthe = Sophie de Rohan
Comte de Salvan   1679–1745
1671–1735

Madeleine-Julie Salvan = Julian Henry
1689–1734   Marquis d'Alston
                                         1669–1719

Harriet Rachel = Charles Theophilus Fredericks
1670–1721   Comte de Gresham
                            1660–1707

Elizabeth Rachel = Lord Ely   les   Augusta Mary = James Fitzstuart
1692–1725   Comte d'Ely Streatham amoureux Comtesse de Strathsay   1er comte de Strathsay
                            1689–   1695–   1671–1745

Jean-Honore Gabriel = Claudine-Alexandre   les
Comte de Salvan   ?–1738   amoureux
1705–

Renard Julian Hesham   Estee Julie = Jean Claude
5e duc de Roxton   Mme de Montbrail   Marquis de Montbrail
1707–   1718–   1698–1735

?

M'sieur Frederick Antoine Moran = Jane Harriet   Theophilus James
1685–1744   1711–1734   1717–
Médecin du Régent de France
Philippe, Duc d'Orléans

Etienne Gabriel de Salvan
Victomte d'Ambert
1728–

Antonia Diane Moran
1727–

LETTRES DE
NOCES DE MINUIT

*Estée, Lady Vallentine, Hesham House, Hanover Square, Londres,
à Lucian, Lord Vallentine, Ffolkes Abbey, Ely, Essex.*

Hesham House, Hanover Square, Londres
Août 1761

Lucian, il faut que vous reveniez immédiatement à Londres !
Nous avons besoin de vous – Roxton a besoin de vous.

Il s'est passé… il s'est passé quelque chose de terriblement
choquant. Je peux difficilement me résoudre à l'écrire. Je
tremble de partout depuis trois heures et je viens à peine de
réussir à maîtriser assez mes tremblements et mes larmes pour
enfin tremper ma plume dans l'encrier et gratter le parchemin
sans faire tomber de grosses gouttes d'encre noire sur la page.
En vérité, c'est la troisième fois que j'essaye de vous écrire, et si
je n'étais pas en train de faire attendre dans la cour un messager
et son cheval déjà sellé, prêts à venir vous trouver en toute hâte,
j'aurais abandonné et je serais retournée me prostrer sur ma
méridienne.

Mais il faut que je vous écrive, que je vous raconte en partie ce
qu'il s'est passé pour que vous ne vous inquiétiez pas sur le
chemin du retour. Plus important encore, pour qu'à votre arrivée, vous ne fulminiez pas, pour éviter que vous ne claquiez les

portes, criiez et exigiez tout un tas d'absurdités, notamment que notre fils se prenne une bonne raclée pour le punir du rôle qu'il a joué dans cet incident qui dépasse l'entendement. J'en ai perdu l'usage de la parole, moi, sa très chère mère, et je ne peux m'empêcher de refondre en larmes dès que je le vois, car je ne peux pas faire abstraction de son rôle dans cette atrocité.

Bien sûr, je sais que ce ne sont que des enfants, qu'ils avaient bêtement trop bu et que lui et son ami Robert n'ont pas participé à l'acte scandaleux perpétré la nuit passée… Mais ils n'ont rien fait – rien – pour l'arrêter non plus, mon frère a donc entièrement le droit de considérer qu'ils sont tout aussi responsables. Il faut absolument que vous veniez parler à ces garçons pour débusquer la vérité dans cette affaire. Sachez qu'il ne leur est rien arrivé, mais qu'ils sont détenus, assignés à résidence (quelle honte !), passibles d'une sanction s'ils osaient essayer de quitter la maison sans avoir d'abord fait un compte rendu complet de leurs agissements et de ce dont ils ont été témoins à monsieur le duc.

Mais mon pauvre frère n'est pas en état de s'entretenir avec eux. Ainsi, notre cher garçon et son ami d'école vont avoir au moins quelques heures – voire quelques jours ! – pour dormir et faire passer leur ivresse. Je prie donc pour qu'ils puissent vous donner une meilleure explication de ce qu'il s'est passé. Mais votre devoir est d'abord envers Roxton. Vous pourrez interroger Evelyn plus tard. Et cela ne fera pas de mal à ces garçons de passer un peu de temps seuls avec leurs pensées pour réfléchir à leur inaction déplorable.

Non ! Je n'ai pas bu, et je n'ai pas pris trop de poudre de James. J'admets ne pas avoir dormi de la nuit, et je suis épuisée car je dois veiller sur Antonia, mais je n'arrive de toute façon pas à fermer les yeux, qui n'ont plus de larmes à verser, car je revois le cauchemar de la nuit dernière aussi distinctement que si je revenais à ce moment-là. J'ai crié, je le sais. Et ce sont mes hurlements qui résonnent encore dans mes oreilles. Cette pauvre chère petite n'a pas laissé échapper le moindre gémissement jusqu'à ses premières contractions. Je crois qu'elle était sous le choc ; elle l'est toujours, après que cet acte monstrueux a été perpétré contre elle, et dans sa condition ! Oh, Lucian ! Elle a été si courageuse !

Il faut donc que vous reveniez ici en toute hâte, que vous ne vous arrêtiez pas tant que vous ne serez pas chez mon frère, pour pouvoir l'aider à accepter l'indicible réalité : que son fils héritier est un monstre. Un monstre, je vous dis ! Et d'autres attesteront de cette triste vérité, je ne suis donc pas la seule à le penser.

L'aube est là, et le ciel matinal est strié de rouge. Ce n'est vraiment pas un bon présage, n'est-ce pas, que le premier jour de ce nouveau-né dans ce monde soit marqué par la tempête alors que cette naissance tant désirée et attendue aurait dû être une occasion joyeuse et merveilleuse, un événement à la hauteur de ses nobles parents, mais qui s'est transformé en catastrophe d'une ampleur tout à fait effarante.

C'est comme si leur fils était devenu fou et qu'un petit rayon de soleil chétif mais parfaitement formé avait pris sa place de façon douce-amère. Malgré tout, le petit est bien vivant, et déterminé à rester sur cette terre et à ne pas monter au ciel. Ses pleurs sont puissants et éprouvants, et il prend le sein de la nourrice avec enthousiasme. Cela doit bien être révélateur de son envie de vivre, et nous donne espoir qu'un jour, il se portera bien.

Oui, Lucian, Antonia a donné un deuxième fils à mon frère. Mais elle est trop faible pour nourrir son enfant. Elle est presque trop faible pour vivre. Elle a perdu une grande quantité de sang et son moral est tellement bas que les médecins ont dit à Roxton que même si elle parvient à s'en remettre physiquement, son triste état mental pourrait mener à une rechute de son état général. Mais Roxton et moi, sa bonne Gabrielle et tous ceux qui l'aiment et la connaissent le mieux, nous plaçons notre foi en sa force de caractère et en sa grande volonté de vivre. Elle ne choisirait jamais de quitter Roxton ainsi, et elle ne pourrait jamais abandonner son nouveau-né.

Et donc le petit, comme je vous le disais, a été confié à une nourrice, une jeune domestique robuste qui a la réputation de n'avoir jamais bu ni fait ribote et qui a exactement le tempérament qu'il faut pour s'occuper du nouveau-né prématuré d'une mère souffrante. Elle reste auprès d'Antonia, même si le médecin a estimé que la duchesse avait besoin de repos et de n'avoir aucune distraction. Mais Antonia veut être au plus près de son nouveau-né, le voir de ses propres yeux et le prendre dans ses bras entre chacun de ses repas, même si elle peut à peine tenir sa tête et qu'elle a besoin qu'on l'aide à boire avec une tasse adaptée pour les malades.

Roxton a accepté que le petit reste dans la chambre de convalescence, et ce à l'encontre de l'avis du médecin, qui lui a confié en privé qu'il y a un risque que son nouveau-né ne passe pas la semaine, et que cela aurait un effet dévastateur sur Antonia si son bébé prenait sa dernière bouffée d'air et rendait l'âme devant elle ! Oh, Lucian, après tout ce qu'ils ont traversé – tous les bébés qu'ils ont perdus avant celui-ci –, l'affreuse perspective qu'ils puissent perdre en un battement de cils ce deuxième fils qu'ils viennent d'avoir me brise le cœur.

Je vous le dis, Lucian, mon frère a vieilli de dix ans en dix heures ! Je ne suis pas certaine que vous le reconnaissiez. Je suis persuadée de voir ses cheveux devenir blancs sous mes yeux, et son regard est empreint d'une telle tristesse ! Pardonnez les taches. Je pensais n'avoir plus aucune larme à verser. Mais voyez un peu !

Lucian, oh, Lucian, que sommes-nous devenus ? Pourquoi notre monde a-t-il été renversé de cette façon ? Comment ce garçon a-t-il pu faire une telle chose à sa mère ? Quel genre de démon vit dans sa tête ? Entre vous et moi, je ne peux m'empêcher de repenser à l'incident avec le vicomte d'Ambert, pendant lequel il s'en était pris à Antonia et l'avait presque tuée alors qu'elle était enceinte d'Alston. Et maintenant, il leur arrive ceci ! Seize ans plus tard, l'enfant qu'elle a porté se retourne contre elle et fait subir exactement la même chose à sa propre mère chérie ! C'est invraisemblable ! Mon frère doit assurément se demander s'il y a un problème avec le sang qui coule dans ses veines, pour avoir donné naissance à une descendance aussi monstrueuse. Mais je ne dirai rien de plus à ce sujet, et vous feriez mieux de brûler cette lettre avant votre retour. Tous les soirs, je prie pour que mes craintes à ce propos soient entièrement infondées et qu'une autre explication puisse être trouvée, mais je me demande bien quelle explication pourrait justifier ce qu'il s'est passé !

Je n'ai pas eu le cœur d'aborder le sujet avec Roxton, et puisqu'Antonia ne se remet pas de son accouchement des plus traumatisants, il n'a pas quitté son chevet une seule minute, pas même pour aller voir Alston, qui reste enfermé dans ses appartements et refuse tout contact avec sa famille et ses domestiques.

Et comment condamner mon frère, qui en rentrant s'est retrouvé face à une horrible scène : sa très chère Antonia a été traînée au milieu de la place dans l'air nocturne hivernal, dans sa tenue de nuit, par son propre fils. Son fils, Lucian ! Pas un maniaque, ni un criminel, ni un fou échappé de Bedlam. Mais son fils aîné qui lui est si cher, qu'elle idolâtre presque autant que son mari ! Oui, c'est bien ce qu'il s'est passé, je vous l'assure. Son fils, Alston, mon neveu, l'a traînée hors de ses appartements, jusqu'en bas de l'escalier et dehors dans la nuit ! Il l'a chassée de la maison, l'a menée dans la rue comme si elle était une catin qui vaudrait moins que rien. Et c'est ce qu'il lui a dit. Il l'a accusée d'être une catin, a clamé que l'enfant qu'elle portait était la progéniture bâtarde de son amant. Mon Dieu, pouvez-vous concevoir qu'il a accusé sa mère d'adultère ? Antonia, de toutes les femmes sur cette terre ? Elle, la grande beauté de son époque, qui est tant dévouée à mon frère, le satyre réformé, tant et si bien qu'ils sont la cible de nombreux dessins humoristiques ridicules qui ne devraient même pas être imprimés – mais qui le sont quand même ! Je vous le dis, Lucian, ces dessins répugnants ne seraient jamais imprimés à Paris ! En France, au moins, une police secrète nous protège ! Je radote, mais qui pourrait me le reprocher ?

Personne, ni moi, ni le médecin de la duchesse, ni les loyaux domestiques familiaux, pas même son parrain, monsieur Ellicott, qui était venu à Londres pour être présent lors de la naissance du petit dans quelques semaines, n'a pu faire changer Alston d'avis à propos de sa mère. Au début, nous étions tous trop choqués par son comportement et ses agissements pour dire quoi que ce soit. Puis quand il l'a traînée derrière lui dans l'escalier et ensuite dehors, il était presque trop tard pour sauver Antonia de sa fureur ! Et cette chère petite n'a rien dit contre son fils, pas une seule syllabe. Je crois qu'elle aussi était tellement choquée qu'elle en a perdu l'usage de la parole.

Il était ivre, Lucian. Il était tellement ivre, et empli d'une telle rage – il en avait les larmes aux yeux – que ce qu'Antonia ou nous autres aurions pu lui dire n'aurait eu aucune importance, car il était incapable d'entendre quoi que ce soit, peu importe qui lui parlait. C'était comme s'il était aveugle face à son propre comportement scandaleux, comme s'il ne voyait pas que sa mère avait commencé le travail. Il la tenait par le bras et la secouait en lui lançant des insultes affreuses et en exigeant de savoir qui était son amant et le père de son bâtard. Il était pris d'une telle colère que nous avions réellement peur qu'il essaye de la frapper ! Cette seule idée me fait défaillir !

Puis, comme sorti de nulle part, Roxton est apparu ! Mon frère, qui rentrait à peine du White's Club, est sorti de l'obscurité. Sa rage – qui était sûrement alimentée par sa peur pour Antonia – était telle qu'il s'est approché de son fils avec toute l'énergie et la force d'un homme ayant la moitié de son âge. Il n'a rien vu ni rien entendu en dehors de la scène monstrueuse qui se présentait à son regard stupéfait.

Dieu soit loué, il garde toujours la tête froide en cas de crise. Il a fait la seule chose qu'il lui restait à faire. La seule chose que personne – que ce soient les domestiques, Antonia, moi ou le reste de la famille – n'avait pu faire. Il a attrapé son fils par la peau du cou et l'a éloigné de sa mère. Puis il lui a donné une gifle du revers de la main, tellement violente que le garçon en a perdu l'équilibre ! Sonné, il s'est effondré sur les pavés. C'est à ce moment-là seulement qu'il s'est rendu compte de ce qu'il avait fait, de ce qu'il avait peut-être fait à sa mère et à son futur enfant. Alors, Alston a poussé un hurlement tel qu'on aurait cru qu'un animal blessé était parmi nous.

Antonia est tombée dans les bras de monsieur le duc. En un clin d'œil, tout le monde s'est tu et tout s'est arrêté – seule la présence de Roxton peut avoir cet effet. Le chaos et la folie ont pris fin ! Mon frère a pris Antonia dans ses bras et est rentré, laissant son fils étalé sur les pavés sales, en larmes.

C'est à cet instant seulement que notre fils est lui aussi sorti de l'obscurité, avec son camarade d'école Robert. Ils avaient l'air penauds, mais pas effrayés, et ils étaient excessivement ivres ! Ils ont tous les deux été empoignés par les domestiques de Roxton et malgré mes protestations, malgré mes larmes, les trois garçons ont été éloignés de force de la place et conduits à l'intérieur de la maison, où ils ont été enfermés ! C'est aux domestiques de Roxton qu'est revenue la tâche de disperser les passants sur la place, et Martin Ellicott m'a aidée à rentrer, puis nous avons suivi mon frère et Antonia dans les appartements de celle-ci, d'où je n'ai pas bougé depuis, sauf maintenant, pour vous écrire cette lettre, pour vous dire de rentrer immédiatement !

Je ne peux pas vous mentir, et il faut que vous sachiez, pour le bien de mon frère, qu'Antonia a frôlé la mort et que le travail a été tellement rapide qu'il existe encore un petit risque qu'elle ne se remette pas de cette épreuve. Lucian, elle pourrait ne pas survivre. Son enfant respire et tète le sein, mais il est si petit. J'ai allumé des bougies et j'ai prié, et prié encore.

Je ne sais pas ce qui va arriver à Alston et à notre fils. Tout ce que je sais, c'est que nous avons besoin de vous ici, que mon frère a besoin que vous soyez là. Alors pour l'amour du Ciel, trouvez-vous un cheval robuste et rapide et chevauchez au-devant de la tempête, qui arrive à toute vitesse !

Votre femme qui vous aime,
Estée

Mr. Martin Ellicott, Esq., résidence de Third Hill, Constantinople, à Sa Grâce le très noble duc de Roxton, aux bons soins de William Kinloch, chargé d'affaires, ambassade de Sa Majesté britannique, Athènes, Grèce.

Résidence de Third Hill, Constantinople
Juin 1767

Monsieur le duc et Madame la duchesse,

J'espère que vous vous portez tous très bien, Vos Grâces, Lord Henri-Antoine, le Dr Bailey et les divers membres de votre suite, et que vous profitez du climat plus chaud qu'offre la Méditerranée.

Julian et moi étions fous de joie de lire dans votre dernière lettre que vous n'êtes maintenant plus qu'à un mois de voyage de nous. Votre arrivée imminente nous a rappelé que nous résidons dans cette ville depuis presque trois ans, alors que nous avions prévu d'y rester pendant douze mois seulement. Mais il y a tant à voir et à faire ici, comme vous le découvrirez lors de votre visite, que même après trois ans, certains aspects de la ville sont encore nouveaux pour nous. Par ailleurs, nous voyageons régulièrement pendant quelques jours dans les environs, que ce soit à dos d'âne ou par bateau le long de la côte, et ces petits voyages nous ont menés dans des endroits et face à des paysages qui sont de véritables festins pour les sens et que, si nous étions restés à la maison, nous aurions seulement pu imaginer grâce à la lecture des Saintes Écritures.

Avant de continuer, laissez-moi assurer à madame la duchesse que j'ai réussi à exaucer son souhait de séjourner dans une maison volumineuse près de la nôtre, à seulement dix minutes de marche de notre propre résidence. Votre groupe de quinze personnes pourra aisément loger entre ses murs blanchis à la chaux, et vous pourrez également profiter d'une vingtaine de domestiques locaux qui sont tous assignés à plusieurs tâches et qui résident dans l'ensemble de bâtiments qui composent la demeure. Vous aurez un majordome syrien, un certain monsieur Anawi, qui parle couramment plusieurs langues répandues dans cette partie du monde, mais qui maîtrise aussi tout à fait le français et l'italien, les deux langues principales au sein de l'élite, qu'elle soit locale ou étrangère.

La demeure est excessivement plaisante d'aspect, elle offre une vue sur les collines environnantes et sur le port, et dans l'après-midi, une brise rafraîchissante monte de la mer. Toutes les pièces sont drapées de soieries orientales et dotées d'un plafond cathédrale ainsi que de fenêtres panoramiques, sans vitres mais équipées de volets au besoin. Les sols sont en marbre, ce qui, par cette chaleur, est agréable et frais sous les pieds. De grands tapis d'Orient sont éparpillés partout. Ceux de vos apparte-ments privés sont en soie colorée typique de la région. Ils ont été achetés, à votre demande, et pourront donc être envoyés chez vous à votre départ. J'espère seulement que mes goûts pour ce genre de décoration correspondront aux vôtres. Mais puisque vous m'avez assuré que c'était le cas par le passé, j'admets être fier des choix que j'ai faits pour vous, madame la duchesse.

La partie principale de la maison est construite autour d'une grande cour intérieure ouverte aux éléments, qui a en son centre un bassin carrelé avec la plus exquise des mosaïques et dans lequel on entre d'un côté par quelques marches larges et de faible hauteur qui descendent dans l'eau. Les principales pièces publiques s'ouvrent toutes sur cette cour, avec sa lumière filtrée, ses grands palmiers en pot, ainsi que de nombreux divans, avec leurs coussins, sur lesquels vous pourrez vous asseoir et vous reposer avec vos invités, comme le veut la coutume ici. Sinon, et c'est ce qui se passe souvent, vous pourrez prendre vos repas dans cet espace, le bassin servant de distraction agréable avant ou après manger. Vos appartements privés sont également équipés d'un bassin, plus petit en taille mais plus profond. J'espère que vous approuverez et que vous trouverez que ce n'est pas négligeable.

La demeure se trouve au milieu d'un domaine luxuriant, qui me rappelle une oasis que nous avons visitée en Syrie ; nous y avions trouvé des dattiers, des vignes, une flore colorée et un point d'eau pour les oiseaux de la région. Le domaine est clôturé par un mur très haut, plus grand encore qu'un homme qui serait debout sur les épaules d'un autre homme. Ce mur offre une certaine intimité et permettra à Lord Henri-Antoine d'explorer sans craindre de se perdre, bien que le nombre de domestiques permette d'écarter une telle éventualité.

La propriété vous est louée pour six mois comme convenu, avec la possibilité d'y rester six mois supplémentaires, même si j'ai cru comprendre que vous souhaitiez rentrer à Paris pour Noël.

Une dernière chose à propos de la maison : j'ai veillé à ce que monsieur Anawi alloue les chambres selon les demandes spécifiques de Votre Grâce, et à ce que l'une d'elles soit réservée à Julian dans l'aile dans laquelle s'installera la famille, afin qu'il puisse séjourner avec vous pendant votre visite. Je suis d'accord avec vous, c'est ce qu'il devrait faire, ne serait-ce que pour établir un lien avec ce petit frère qu'il n'a pas encore rencontré. Mais pour ce qui est de savoir s'il le fera ou non, c'est un point qui requerra le plus grand tact de votre part, monsieur le duc, ce dont vous devez être parfaitement conscient.

Mais avant de vous parler de Julian, laissez-moi vous dire à quel point cela m'a fait plaisir de lire que vous avez profité de votre séjour à Rome et apprécié ses vestiges, et d'autant plus les trésors qui se trouvent au Vatican. C'est bien naturel, car qui aurait pu refuser de vous faire découvrir ces statues, tableaux et trésors acquis par les agents de Sa Sainteté à travers l'Europe et au-delà. Vos retrouvailles avec les Vallentine à Rome et les quelques semaines passées dans leur villa ont dû constituer une réunion très heureuse, surtout après une sépara-tion de quelques mois. Je ne suis pas surpris que monsieur et madame Vallentine aient décidé de retourner à Florence, chez le cousin de monsieur, qui est consul. Et pour être tout à fait honnête, il vaut mieux pour Julian que cette réunion familiale soit plus intime et se déroule en l'absence des Vallentine, même si leur fils est resté à Paris. Nous pourrons discuter plus amplement à ce sujet, autant que vous le voudrez, quand vous arriverez.

J'ai été immensément réconforté par votre compte rendu de l'état de santé de Lord Henri-Antoine. Vous devez tous les deux être très soulagés qu'il n'ait pas souffert de crise du mal caduc depuis plus d'un mois, ce qui doit assurément être un bon présage pour l'avenir. J'hésite à le suggérer, mais peut-être que le fait de voyager vers le sud et son climat plus chaud a un effet bénéfique sur ses humeurs ? Se pourrait-il aussi que cet enfant qui m'a l'air très curieux ait été trop occupé pour tomber malade pendant votre voyage ?

Je dois vous dire que le Dr Hakim a très envie de s'entretenir avec le Dr Bailey, car il assure qu'il existe des traitements et thérapies médicinales dans cette partie du monde qui pourraient soulager les symptômes du petit lord, à défaut de le soigner. Le Dr Hakim m'a été fortement recommandé, et pour éviter que vous ne pensiez que je me fie uniquement à ces recommandations, j'ai invité le médecin à boire une tasse de café turc avec moi et nous avons eu une discussion sur des sujets variés pendant une plaisante heure. Je l'ai trouvé sans prétention, intéressant et jamais ennuyeux. Madame la duchesse, je pense que vous trouverez qu'il fait un très bon partenaire de conversation.

Nous sommes tous les deux très impatients de rencontrer Lord Henri-Antoine. Aura-t-il réellement bientôt six ans ? J'ai l'impression qu'hier encore, Julian découvrait pour la première fois le jardin de madame la duchesse à Treat et y courait dans tous les sens dans l'un de ses premiers hauts-de-chausses. Quand je pense que mon filleul va fêter son vingt-et-unième anniversaire pendant que vous serez là ! J'ai du mal à croire que le temps passe si vite !

Naturellement, votre visite est attendue avec impatience. Vous avez tous les deux beaucoup manqué à votre fils aîné, ce que vous savez très bien grâce à ses lettres et aux miennes. S'il n'exprime pas immédiatement ses véritables sentiments lors de cette réunion familiale, ce sera uniquement parce qu'il souhaite passer pour un homme ; ainsi, même avec moi et les autres, il fait son maximum pour ne jamais laisser paraître son désarroi en public. Comme vous pouvez l'imaginer, il porte toujours un lourd fardeau de culpabilité sur ses jeunes épaules, et je crains que ce ne soit toujours le cas, à propos de la naissance et de l'état de santé de son petit frère. Je n'ai aucune envie de vous bouleverser ou de vous faire revivre un épisode aussi délicat, mais puisque j'ai été chargé de veiller au bien-être de votre fils, je pense qu'il est important que vous soyez au courant de son état d'esprit.

Ces retrouvailles l'ont empli d'une immense appréhension, non seulement car il s'agira de la première rencontre entre les deux frères, mais plus encore, car il se demande comment vous allez le recevoir. Je sais, je sais. Vous l'accueillerez tous les deux avec joie et les bras grands ouverts, mais peu importe combien de fois je le lui dis, il faut qu'il en fasse lui-même l'expérience, et alors je pense que son esprit sera apaisé.

Puisque vous ne vous cachez rien l'un à l'autre, je vous écris ouvertement et avec honnêteté, toujours. Mais pour ce qui est du prochain sujet que je dois aborder, je vous joins une feuille de parchemin séparée, car je me dis que vous pourriez vouloir brûler cette page-ci, au vu de sa nature délicate, tout en gardant le reste de la lettre intact. J'espère que vous ne trouverez pas ce geste impertinent, que vous comprendrez qu'il était nécessaire. Je vais donc continuer sur une autre page avant de revenir ici pour conclure ma lettre.

[*Ci-dessous, la feuille de papier susmentionnée, séparée de la précédente et rédigée au recto et au verso, réunie avec la lettre originale. Elle n'a pas été brûlée, comme conseillé ou anticipé, mais a été retrouvée avec les correspondances les plus sensibles de monsieur le duc, dans l'un des nombreux portefeuilles en cuir rouges verrouillés qui ont été retrouvés dans l'escalier secret de la bibliothèque de Treat.*]

Monsieur le duc, pour être d'une franchise brutale, il est grand temps que vous nous rendiez visite ici et que nous rentrions tous à Paris. Ce merveilleux séjour à Constantinople a été le plus plaisant de nos voyages à l'étranger, mais si nous avons repoussé notre départ d'une année, c'est uniquement à cause de la relation charnelle que Julian entretient avec une femme, dont l'époux est rattaché à l'ambassade russe.

Je reste persuadé que si nous avions élaboré notre projet de départ il y a tout juste un an, Julian l'aurait approuvé sans hésitation et qu'il aurait apprécié un changement de décor. À ce moment-là, il attendait de plus en plus impatiemment notre voyage vers Alexandrie par la mer. Nous avions envisagé de visiter Le Caire, puis de reprendre un bateau pour longer la côte africaine jusqu'à Gibraltar, avant de remonter jusqu'à la Manche et de rentrer à Paris.

J'avais presque terminé de planifier notre retour quand nos projets ont été contrecarrés. Julian a attiré le regard de l'épouse d'un chargé d'affaires russe, un certain prince Vladimir Rostovsky. Ce dernier quitte souvent la ville pour se rendre dans d'autres régions de l'empire pour affaires, laissant derrière lui sa femme, qui n'a pas d'enfants et qui préfère ne pas voyager. Elle est noble également, car c'est une princesse de la famille Gagarine, et ils agissent tous les deux comme si leur cordon ombilical était relié à l'impératrice en personne. Cela signifie qu'ils regardent de haut tous ceux qui ne sont pas de statut égal et qu'ils ne voient même pas tous les domestiques d'un rang inférieur à celui des dames d'honneur impériales. Elle s'attend à ce que tous les gentilshommes s'émerveillent de sa beauté, et lui à ce qu'ils fassent tous des courbettes devant lui. En résumé, ils forment un couple bien assorti.

La princesse Sonia Natalia Gagarine-Rostovskia est une belle femme élancée, elle a la peau pâle, les yeux foncés et les cheveux noir de jais. Elle a huit, peut-être dix ans de plus que Julian, mais elle paraît plus jeune. Et c'est bien normal, car son temps est presque exclusivement consacré à l'entretien de sa personne. Mais malgré sa vanité, c'est une linguiste accomplie et ses compétences sont telles que l'ambassade fait souvent appel à elle pour servir d'interprète pendant les rencontres qui s'y déroulent. Je reconnais qu'elle fait une hôtesse affable et que sa compagnie est plutôt plaisante, en me basant sur les quelques fois où je me suis retrouvé en sa présence lors de réceptions à l'ambassade. Mais bien sûr, ce n'est pas pour sa conversation que Julian recherche sa compagnie.

Quand la princesse a commencé à montrer de l'intérêt pour Julian, je n'ai pas été surpris. Vous allez vous en rendre compte vous-même, votre fils est devenu un beau jeune homme. Il est grand, large d'épaules, avec une silhouette élancée et robuste. Il a un sourire d'une beauté dévastatrice, a hérité des yeux extraordinaires de madame la duchesse et de votre voix grave et suave, monsieur le duc. Il inspire une certaine déférence, dégage une allure naturellement noble, et tout cela combiné le rend irrésistible auprès des femmes.

En revanche, j'ai été surpris que lui s'intéresse à cette femme, et qu'elle soit parvenue à retenir son intérêt. Jusqu'à sa rencontre avec la princesse, Julian n'avait manifesté qu'une curiosité polie pour le sexe opposé et n'avait exprimé le désir ou le besoin d'avoir des rapports sexuels avec aucune femme, malgré les nombreuses avances qu'il a reçues ces dernières années, des femmes des plus hauts rangs jusqu'à celles payées pour leurs services, de Douvres à Rome, et maintenant dans cette ville. Ce n'est donc pas par manque d'opportunités, mais à cause d'une réticence naturelle, et d'une pudibonderie innée, si j'ose dire, qu'il est resté chaste. Enfin, jusqu'à aujourd'hui.

Puisque c'est une dame mariée et qu'elle est discrète, j'ai eu tendance à considérer que leur aventure, car c'est de cela qu'il s'agit, n'était pas une mauvaise chose.

Après tout, avec elle, il a reçu la meilleure initiation aux plaisirs de la chair, sans avoir à se soucier du risque de scandale habituel avec une femme plus jeune, fertile et moins accomplie.

Mais leur histoire a récemment pris une tournure dangereuse, quand l'époux de la princesse a surpris sa femme alors qu'elle recevait Julian. Car même si Rostovsky était au courant de l'inconduite de sa femme, la surprendre à genoux devant un homme vigoureux de quinze ans de moins que lui a représenté

un terrible choc pour sa fierté masculine. Cela a
provoqué une rupture publique dans leur mariage, et il
a exigé qu'elle mette un terme à sa relation avec Julian.
Ce qu'elle a refusé de faire.

Son refus et son comportement ultérieur ont poussé
son époux à faire fi de toute prudence et à faire étalage
de cette affaire très privée en public. Un soir, alors qu'il
était ivre à l'Occidental Club et que je me trouvais dans
la salle de lecture après dîner, à portée de voix donc,
Rostovsky a vulgairement déclaré que sa femme se
servait de sa langue de la façon la plus talentueuse qui
soit dans tout l'Empire ottoman. Bien sûr, ces propos
équivoques ont choqué tous ceux qui étaient présents,
pas tant à cause de cette révélation en elle-même, mais à
cause de la manière dont elle a été faite. Je pense que la
plupart des membres du club ne savaient pas exactement à quoi Rostovsky faisait allusion, car tout le
monde sait que sa femme est une linguiste de renom.
Cependant, le prince n'a pas pu s'arrêter là, et il a
continué à se pavaner dans la pièce en faisant de grands
discours. Il a d'abord assuré que le duel combattu entre
Lord Braithwaite et le comte Montessori, qui a fait
sensation car Braithwaite a été mortellement blessé,
avait eu lieu car ils se disputaient la princesse. Il a
ensuite ajouté que sa femme les prenait au berceau.
Jusqu'à cet emportement motivé par l'ivresse, aucun
lien n'avait été fait entre Julian et la princesse, et son
mari trompé n'avait jamais fait de déclaration publique
à propos de l'infidélité de sa femme. Mais après cette
explosion scandaleuse, il a surenchéri avec un trait d'esprit grossier ; il a affirmé que le jeune amant de sa
femme était un aristocrate qui était connu pour avoir le
diable au corps, et que ce corps, sa femme en était très

gourmande. Il n'est pas allé jusqu'à mentionner le nom de Julian publiquement, mais je crains que ce détail ne soit insignifiant à présent, en particulier parce que Julian ne parvient pas à voir le sérieux de la situation entre les époux, situation qui se détériore rapidement, et parce qu'il continue à rendre visite à la princesse. Quand j'ai suggéré à Julian de prendre ses distances avec elle par respect pour son mari, sa réaction instinctive a été de me rappeler que ses aventures ne me regardaient pas. Je lui ai répondu qu'elles me regardaient absolument, puisque j'agis *in loco parentis*, et lui ai demandé ce que penseraient ses estimés parents d'une telle relation. Il s'est alors mis en colère et m'a dit que je n'avais pas à m'inquiéter, car sachant ce qui était dû à son nom, il s'était jusque-là retenu de mener leurs rendez-vous galants à leur conclusion naturelle et n'avait aucune intention de le faire, cette prérogative étant selon lui réservée à sa future femme.

Vous serez d'accord avec moi pour dire qu'il s'agit d'un réel soulagement, bien que je sois stupéfait qu'il fasse preuve de tant de maîtrise et de maturité, étant donné son âge et le fait qu'il s'agisse de ses premières relations sexuelles. Cela dit, connaissant sa nature, j'aurais dû me douter qu'il restait vierge par choix.

On pourrait croire que puisqu'il refuse que leur liaison atteigne une conclusion naturelle, la princesse voudrait mettre un terme à leur aventure. Elle n'est pas à court de prétendants, et la diatribe de son mari ne les a pas découragés – loin de là, surtout après la façon grossière dont il a promu les talents de son épouse. Mais il semblerait que votre fils soit le seul homme à partager sa couche, et ce toutes les nuits, puisque son mari s'est mis à dormir au club. Elle est très assidue.

J'ai bien réfléchi à tout cela, et je crois avoir trouvé une explication convenable, qui vous permettra de régler ce dilemme avec votre habituelle omnipotence en arrivant ici. Car voyez-vous, je crois bien que la princesse, qui est très désirable et attirante et qui est habituée à obtenir ce qu'elle veut dans tous les domaines, et surtout en ce qui concerne les hommes, trouve que la retenue de Julian est un aphrodisiaque des plus puissants. Par ailleurs, étant une créature déterminée, elle n'abandonnera pas tant que ses défenses n'auront pas cédé. Car à ses yeux, comment un homme pourrait-il résister à ses charmes considérables et ses talents experts ?

Je ne sais pas jusqu'où elle ira pour briser sa détermination, mais puisque le désir qu'il ressent pour elle ne montre aucun signe d'affaiblissement, je la crois capable de tout pour finir victorieuse de ce petit drame de chambre. Ne vous méprenez pas, monsieur le duc, la princesse Sonia est très intelligente, maligne et déterminée, et si en fin de compte, elle comprend que Julian ne cédera pas (et je pense que sa détermination ne flanchera pas, car il a certainement conscience de sa destinée, ce qui devrait vous satisfaire), il y a un risque qu'elle se retourne contre lui de tout un tas de façons différentes, car elle voudra se venger de ce qu'elle percevra comme une atteinte à son amour-propre.

[Fin de la feuille de parchemin.]

[La lettre conclut…]

J'ai pris la liberté de dresser une liste d'endroits qu'il faut que vous visitiez pendant votre séjour ici, et Julian a examiné ma liste et y a ajouté quelques recommandations personnelles, dont une visite sur la côte de la forteresse de Yedikule. Il a également ajouté plusieurs cafés à la liste, certain que son père apprécierait de s'y rendre, dont un en particulier, uniquement consacré à la dégustation de ce breuvage turc (appelé le « vin de l'Islam », car ils ne consomment pas d'alcool) et au jeu de backgammon. Julian est d'avis que monsieur le duc pourra battre tous ses opposants à plates coutures, et qu'il aura l'opportunité d'affronter le champion en titre, un certain Pasha Bedri Ekrem, un officier à la retraite qui en quinze ans de compétition dans ce café n'a jamais été battu dans les tournois de cinq parties.

J'aimerais seulement que madame la duchesse puisse assister à une telle scène, mais hélas, les femmes ont l'interdiction de se rendre dans ces endroits où les hommes se réunissent. Ce n'est pas si différent des clubs de St James's Street à Londres, mais en Angleterre, cela concerne uniquement ce qu'il se passe derrière des portes fermées, tandis qu'ici, ce serait comme interdire aux femmes de se rendre dans toutes les rues de Westminster abritant un club ou un café.

Vous ne pouvez pas savoir à quel point je suis impatient d'avoir des débats animés à ce propos et sur de nombreux autres sujets à votre arrivée, madame la duchesse.

Je vais maintenant signer cette lettre pour qu'elle puisse être envoyée et vous parvenir à temps.

Votre serviteur le plus humble et dévoué,
Martin Ellicott

Martin Ellicott, Esq., Moranhall, route de Bath, Avon, Angleterre, à Sa Grâce le très noble duc de Roxton, Treat, via Alston, Hampshire.

Moranhall, route de Bath, Avon
Septembre 1768 My Dear Duke,

Mon cher duc,

Je réponds ici à la lettre à laquelle vous aviez joint les recommandations de Sir Gerald et dans laquelle vous demandiez mon avis non seulement sur celles-ci, mais également sur cette affaire dans son ensemble. Je vais donc vous offrir mes conseils.

La mort prématurée du chaperon de votre belle-fille, Miss Clementine Francis, il y a trois mois environ, a été très triste en elle-même. Miss Cavendish (car je l'ai toujours appelée ainsi et ne pourrai utiliser son titre d'épouse que quand elle-même le connaîtra) s'était sincèrement attachée à sa cousine éloignée et a été bouleversée par la mort de la vieille dame. La conduite de cette jeune femme d'à peine vingt ans vous aurait rendu fier. Des préparatifs des obsèques au petit rassemblement après la cérémonie, Miss Cavendish s'est occupée de tout avec autant de calme et de maturité que si elle était bien plus vieille que cela.

C'est en raison de son comportement et parce que j'ai pu personnellement observer son tempérament que j'estime que ce que Sir Gerald suggère est une approche qui ne convient pas du tout à votre belle-fille, en particulier en cette période si délicate, alors que Julian a prouvé qu'il souhaitait faire face à son destin et devenir officiellement un époux.

Miss Francis était le chaperon idéal pour une jeune fille avec le caractère de Miss Cavendish. La vieille femme ne s'est jamais permis de porter un jugement sur sa jeune protégée et a joué le jeu quand celle-ci a élaboré ses projets pour l'avenir avec son neveu, comme si ces projets pouvaient aboutir, même si elle savait très bien que la réalité était tout autre. Et si Miss Francis passait une grande partie de son temps dans un coin ensoleillé à tricoter ou à lire sa Bible, ses yeux et ses oreilles étaient toujours attentifs au moindre signe d'agitation ou de détresse chez sa protégée. J'ose presque admettre que sa nature sédentaire et son attitude douce faisaient partie de son charme, car elle n'avait jamais un mot plus haut que l'autre, même quand le chaos régnait dans la maison, ce qui doit souvent être le cas, quand on sait que cette jeune femme déterminée doit s'occuper d'un écolier débordant d'énergie ; la vieille femme a toujours agi comme si elle résidait dans un couvent.

Vous le savez, Sir Gerald n'a jamais considéré Miss Francis comme un chaperon convenable pour sa sœur, ne lui prêtant de ce fait qu'une attention sommaire. Je sais bien que Sir Gerald était d'avis qu'après la fuite de Miss Cavendish à Paris pour partir à la recherche d'Otto, il lui fallait une femme au tempérament taciturne et de noble allure, une femme que les matrones de la société de Bath verraient d'un bon œil.

Si je puis être direct, Votre Grâce, Sir Gerald n'accordait de l'importance qu'à ce dernier point, et c'est toujours le cas. Le bien-être de sa sœur passe après son souhait qu'elle ne devienne jamais un sujet de discussion dans la haute société. Quand elle l'a défié et s'est enfuie de la maison, il a failli faire une crise de nerfs, non parce qu'il craignait pour la sécurité de sa sœur, mais parce qu'il craignait votre colère après avoir laissé une telle chose se produire.

Je sais que vous vous moquez entièrement de ce que pense la société, Votre Grâce ; vos affaires privées ne regardent que vous. Je sais aussi que ce qui importe, c'est que votre belle-fille reste vierge jusqu'à la consommation de son mariage avec votre fils, et qu'aucun scandale ne vienne entacher sa réputation à présent qu'elle est de retour en Angleterre après son séjour en France.

Saunders, son majordome, continue à m'envoyer des comptes rendus hebdomadaires des allées et venues de sa jeune maîtresse, et de l'ambiance générale chez elle. Ces comptes rendus m'ont permis d'apprendre que votre belle-fille a commencé à recevoir la visite de plusieurs prétendants, dont un en particulier qui, je le sais, vous déplaira grandement : Mr. Robert Thesiger.

Je ne me préoccupais pas tant de ces potentiels prétendants, ni des visites de Mr. Thesiger, tant que Miss Francis était vivante et pouvait garder un œil attentif sur tout cela. Comprenez-moi bien, je n'ai jamais eu la moindre inquiétude quant au comportement de Miss Cavendish envers ces jeunes hommes, avec ou sans la présence de Miss Francis.

Votre belle-fille a beau être obstinée et avoir un côté garçon manqué, son attitude et ses agissements demeurent chastes, et elle place trop de fierté en son illustre nom Cavendish et en elle-même pour envisager de tomber en disgrâce. Si je puis me permettre une telle prédiction, je pense que Miss Cavendish fera une excellente marquise d'Alston, une épouse dont Julian pourra être fier et une belle-fille à qui vous pourrez confier sereinement l'avenir du duché des Roxton.

Mais pour le cas où ces prétendants deviendraient hardis, et Mr. Thesiger me semble déterminé dans sa cour, je vous suggère, Votre Grâce, de vous assurer que Julian se manifeste auprès de sa femme le plus tôt possible. Ce n'est pas à moi d'émettre des hypothèses ou de m'interroger sur la façon dont il va le faire ou se conduire. Le seul rôle que je dois jouer dans cette entreprise est de vous faire part de mon opinion et de garder un œil protecteur sur votre belle-fille, à distance, depuis ma maison en périphérie de Bath.

En attendant l'arrivée de Julian à Bath, je propose une approche novatrice pour le remplacement de Miss Francis, une approche qui va vous surprendre et sans aucun doute déplaire à Sir Gerald, car elle va à l'encontre de tout ce qu'il suggère. Il voudrait que Miss Francis soit remplacée par une geôlière austère qui aurait une force virile pour maîtriser sa sœur si nécessaire. En substance, Sir Gerald veut que sa sœur soit faite prisonnière jusqu'à ce qu'on vienne la revendiquer.

Je suis en désaccord absolu avec cette prescription. Remplacer Miss Francis par une personne de ce genre engendrerait des tensions et des désaccords considérables dans le foyer de Milsom Street ; cet endroit deviendrait terriblement morose, et votre belle-fille voudrait le fuir le plus rapidement possible.

Le tempérament de Miss Cavendish est tel qu'elle a besoin de sentir qu'elle a une part de responsabilité dans la gestion de sa personne et de son foyer. Si elle se retrouvait à la charge d'une femme qui voudrait restreindre ceci ou le lui enlever, je crois bien que cela la mènerait à faire quelque chose de totalement irréfléchi. Elle s'enfuirait de nouveau, et cette fois-ci, elle emmènerait son neveu Jack avec elle. Je pense qu'elle se tournerait probablement vers monsieur Evelyn Ffolkes, qui lui a offert sa protection et son nom la dernière fois qu'elle était à Paris.

Une nouvelle occurrence d'un tel comportement est la dernière chose que vous et votre fils pourriez espérer, mais il s'agit de ma terrible prédiction.

Miss Francis n'a jamais pris l'initiative d'accompagner Miss Cavendish à la Pump Room, ni de la suivre comme son ombre lors de ses promenades dans la commune, à pied ou à cheval, avec son neveu. Par ailleurs, elle ne l'a jamais accompagnée lors de ses visites hebdomadaires chez moi. Lors de ces excursions à l'extérieur, votre belle-fille est accompagnée par Mr. Joseph Jones, le majordome de son frère Otto, qui depuis la mort de celui-ci, a pris la responsabilité de protéger Deborah et son neveu Jack.

Je pense ne pas me tromper en supposant que la présence de Joseph dans le personnel de Milsom Street a reçu votre approbation, et qu'il a lui aussi, au minimum, été chargé de veiller sur Miss Cavendish, et plus particulièrement de guetter la moindre menace à proximité de sa personne, et notamment les gens comme Robert Thesiger.

Je suggère donc que Miss Francis ne soit pas remplacée. À court terme, ne pas avoir de chaperon ne fera aucune différence dans la vie de Miss Cavendish et ne changera rien à l'opinion des matrones de Bath qui dédient leur vie à répandre des atrocités à propos d'autrui. Les commères de Bath sont peut-être d'avis que votre belle-fille a besoin du regard sensé d'un adulte sur ses activités, mais c'est quelque chose qui me fait doucement rire, car les agissements, les relations et la routine quotidienne de votre belle-fille sont plus attentivement scrutés et surveillés, bien que ce soit de loin, que ceux de n'importe quelle autre jeune femme !

Le fait qu'elle n'ait pas de dame de compagnie poussera effectivement les commères de Bath à chuchoter et à proférer des remarques désobligeantes, mais quelle importance pour vous dans l'ordre général des choses ? Quelle importance est-ce que cela aura quand Miss Cavendish deviendra officiellement l'épouse du marquis d'Alston et prendra sa place au sein de votre famille ? Qu'adviendra-t-il alors des commérages et des apartés malveillants ? Ils ne vaudront plus rien, et aucune femme ni aucun homme n'osera plus la dénigrer.

Je pense avoir à présent fait le tour du sujet, et avoir épuisé le temps que vous aviez à lui accorder.

Je vous envoie cette lettre sans attendre, et vous donne ma parole que je répondrai à celle de madame la duchesse dès demain.

Votre serviteur le plus humble et dévoué,
Martin Ellicott

Madame Vallentine, Hôtel Roxton, rue Saint-Honoré, Paris, France, à madame la duchesse de Roxton, Treat, via Alston, Hampshire, Angleterre.

Hôtel Roxton, rue Saint-Honoré, Paris, France
Avril 1769

Ma très chère sœur,

Quand avez-vous dit que vous et mon frère aviez prévu de revenir à Paris ? Je sais que vous me l'avez déjà dit, mais j'ai égaré votre lettre et je suis trop épuisée par l'inquiétude pour me mettre à sa recherche. Je sais qu'elle se trouve quelque part dans ce bonheur-du-jour, mais où… ?

Mon esprit déborde de suppositions et j'ai le cœur tellement lourd ces derniers temps que je me rends compte qu'il ne se passe pas un jour sans que je souffre d'une migraine m'obligeant à me retirer pour m'allonger sur ma méridienne dans l'après-midi, et vous savez pourquoi !

Je vous en prie, ne répétez pas ce que je vais vous dire à Roxton, ni à Lucian. Mais je ne sais pas pourquoi je prends la peine de vous dire ceci, car je sais que vous savez que je sais qu'ils sont tous les deux au courant ! Argh. Quelle malchance d'avoir un frère qui voit et sait tout et un époux qui est assez complaisant pour le laisser faire !

Même s'il le voulait, Lucian ne pourrait rien cacher à personne. Et il ne cacherait rien à Roxton. Je crois bien que c'est ce qui fait d'eux de si bons amis. Je pense d'ailleurs que la loyauté de mon mari va d'abord à mon frère, puis à moi ! Non ! Ne me contredisez pas ! Vous êtes aussi coupable qu'eux, entre votre dévouement sans faille envers Roxton et votre loyauté envers mon époux, bien que vous prétendiez être agacés l'un de l'autre. Ha ! C'est une ruse. Vous aimez secrètement vous taquiner l'un l'autre, et mon frère aime vous voir faire.

Et vous allez rire à en tomber de votre chaise quand je vais vous raconter à quel point j'ai été une imbécile. J'ai moi-même du mal à y croire, si vous voulez tout savoir. Et quand je pense à mes craintes et à mes actions passées, je ne peux qu'approuver mon propre jugement. Mais laissez-moi tout vous raconter, afin que vous puissiez visualiser la scène dans son entièreté avant que vos yeux ne se remplissent de larme d'hilarité face à l'absurdité dont a fait preuve votre sœur.

J'ai commencé à soupçonner Lucian d'avoir une petite distraction de l'autre côté du fleuve. Oui ! Lucian, infidèle ! Voilà ! Je l'ai écrit noir sur blanc, vos yeux peuvent maintenant s'écarquiller de stupéfaction, car vous ne parvenez pas à croire que je puisse oser soupçonner mon mari d'avoir une aventure.

Après m'être remise de mon immense choc et de ma colère à l'idée que cela pouvait être vrai, je suis tombée dans un état de mélancolie profonde en me disant qu'il s'était peut-être construit un petit nid avec quelque femme à la jupe légère, qui aurait la moitié de mon âge et le double de ma beauté. Je n'ai pas pu quitter ma méridienne pendant des jours. Lucian n'est pas parti à ma recherche lors de la première nuit que j'ai passée hors de notre lit et ma mélancolie s'est aggravée, car j'ai alors cru que mes craintes étaient confirmées. Car pour quelle raison n'aurait-il pas cherché à savoir où j'étais alors que nous partageons un lit depuis autant d'années que vous et mon frère, si ce n'est parce que son intérêt était focalisé ailleurs ? Le deuxième soir, il est venu me trouver ; il s'est tenu dans sa chemise et son bonnet de nuit au-dessus de moi et a approché sa bougie à quelques centimètres de mon nez – j'ai bien cru que mes cheveux allaient prendre feu ! Et qu'ai-je fait quand il m'a demandé quel était mon problème et de venir me coucher ? J'ai fondu en larmes et je l'ai chassé ! Et qu'a-t-il fait ? Il est parti sans un bruit ! Sans me dire un mot ! Il est impossible !

Comprenez-vous alors que mes craintes qu'il ait une maîtresse se soient intensifiées et que mes migraines soient devenues insupportables ? Comment pouvais-je lui dire ce qui me contrariait tant, alors que j'avais peur que sa réponse soit celle que je ne voulais surtout pas entendre ? Mais je ne pouvais pas rester dans l'agonie de l'ignorance, alors le troisième jour, je me suis résolue à déterminer si mes peurs étaient fondées ou non.

Vous serez choquée de ce que j'ai fait, je le sais, mais chère sœur, vous ne pouvez imaginer la torture que je vivais ! Vous ne feriez jamais une telle chose, car la confiance que vous accordez à votre mari est si profondément ancrée que je doute que vous ayez jamais envisagé qu'il puisse aller voir ailleurs, même d'un simple regard, lui qui était un si grand roué avant de vous épouser ! Et pourquoi auriez-vous le moindre doute ? Le feu brûle toujours aussi intensément entre vous et mon frère – je le vois bien quand je suis en votre compagnie. Une telle profondeur de sentiments me fascine autant qu'elle me donne la nausée.

Ce n'est pas de votre mariage qu'il est question cependant, mais du mien, et de mes sottes craintes qui se sont manifestées de façon ridicule. Je vous en prie, vous devez me promettre de ne pas révéler un seul mot de tout cela à Roxton et à Lucian. Mon frère rirait bien de moi et mon mari penserait que sa femme est dérangée. Je ne finirais pas de l'entendre grommeler d'incrédulité à l'idée que j'aie pu remettre sa fidélité en question.

Voilà ce que j'ai fait : j'ai fait suivre Lucian. Oui, j'ai lancé un espion à ses trousses, jour et nuit, pendant une semaine. Il ne pouvait sortir de la maison sans que cette personne reste à deux pas de lui. Il est devenu son ombre, et peu importe où il allait et ce qu'il faisait, l'espion était là aussi.

Un tel acte fait de moi la plus misérable des épouses, non ? Mais laissez-moi vous dire que quand l'espion m'a rapporté tout ce qu'il avait vu après une seule semaine à suivre Lucian comme son ombre, mon esprit n'a pas été apaisé, loin de là ! Mes soupçons ont été attisés un peu plus encore et je me suis effondrée sur ma méridienne, en larmes. L'espion m'a révélé que mon mari s'était non seulement aventuré rive gauche, mais également qu'il s'était rendu dans la même maison trois jours différents, et qu'il y était resté deux heures à chaque fois.

L'espion avait même réussi à se procurer le nom du propriétaire de cette maison. Le fait qu'elle appartienne à un homme n'a pas apaisé mes craintes. Pour ce que j'en savais à l'époque, cet homme aurait pu être un proxénète, et la femme que Lucian voyait, sa prostituée. Mais cette histoire s'empire, et mes craintes ont été encore plus justifiées quand l'espion m'a dit que Lucian n'était pas le seul gentilhomme à se rendre dans cette maison, que les visiteurs étaient réguliers.

J'ai donc commencé à me dire que ce n'était pas une maîtresse qu'il allait voir, mais qu'il se rendait dans une maison close !

Pour une raison que j'ignore, je me suis sentie mieux, au début, à l'idée que son infidélité n'était pas restreinte à une seule femme, mais bien sûr je suis ensuite revenue sur cette idée, car s'il allait voir plusieurs femmes, qu'est-ce que cela disait de lui et de notre mariage ? Et, oh ! je me suis dit un tas d'autres choses impossibles qui vous traversent l'esprit quand celui-ci est dans la tourmente.

Je vous en prie, essayez de lire ceci sans glousser, Antonia ! Car je sais, aussi assurément que la nuit précède le jour, que c'est exactement ce que vous êtes en train de faire en imaginant Lucian se rendre dans une maison close. En réalité, il pourrait être à la porte d'un tel établissement sans avoir la moindre idée de ce qui se passe à l'intérieur.

Mais je ne vous ai pas encore raconté le reste de ce triste conte, ni ce qui fait de moi une grande imbécile d'avoir eu la moindre pensée négative à propos de mon cher mari. Mais souvenez-vous d'une chose : sur le moment, son comportement était tellement étrange que mes craintes qu'il manigance quelque chose étaient justifiées, même si ces craintes avaient pris une direction totalement erronée !

Pour abréger, cette maison n'est pas une maison close. Elle n'est même pas occupée par une femme de mauvaise réputation. J'ai fait en sorte que l'espion découvre tout ceci pour moi en lui donnant encore plus d'argent pour qu'il trouve une façon d'entrer dans cet établissement. Cela lui a pris quelques jours supplémentaires, et pendant ces quelques jours, ma migraine était si affreuse et mon appréhension si aiguë que je mangeais et dormais à peine. Pensez-vous que Lucian aurait remarqué la détérioration de mon état ? Il a fallu que notre fils me demande un soir, lors du dîner, pourquoi je ne mangeais pas ce qu'on mettait devant moi, pour que son père me pose la même question et ajoute que si je n'étais pas friande de la part de tourte au faisan dans mon assiette, alors Evelyn voudrait peut-être la manger ; après tout, il aurait été dommage de gaspiller une bonne tourte. Sur ce, j'ai jeté ma serviette sur la table et je suis partie en claquant la porte, laissant derrière moi un silence retentissant entre mon époux et notre fils.

Leur immense appétit n'a cependant rien de nouveau pour vous. Je suis excessivement excédée que ces deux-là puissent manger jusqu'à saturation tout en restant aussi minces que des rapières, alors qu'il suffit que je pose les yeux sur un éclair pour que mes bras soient un peu plus serrés dans mes manches en soie.

Mais je reviens aux visites de Lucian dans cette maison et à mes peurs ridicules. Et maintenant que j'en viens à écrire cette partie, je me mets moi-même à glousser. Non seulement de soulagement, car je sais maintenant que mon mari m'est toujours aussi dévoué, mais aussi en pensant à ce qu'il y faisait, et pourquoi. À présent, vous avez la permission de rire avec moi. Mais promettez-moi une nouvelle fois que vous ne vous moquerez pas de Lucian et que vous garderez tout cela pour vous.

Bien, qui étaient donc ces hommes qui allaient et venaient dans cette maison, et pourquoi mon époux était-il l'un d'entre eux ? Il s'avère que cette maison renferme un club, dont les membres payent une petite contribution annuelle leur permettant d'aller et venir comme ils le souhaitent, pour l'utilisation et l'entretien des pièces réservées aux rafraîchissements et, bien sûr, des espaces de jeu aménagés dans le jardin clos derrière la maison. L'espion a découvert tout cela quand il a essayé d'entrer sur les lieux et qu'on lui a dit qu'il s'agissait d'un club fermé, bien qu'il ne soit pas limité aux gens comme nous, car la plupart de ces gentilshommes ont un métier. Je soupçonne Lucian d'avoir pensé qu'en se trouvant un club de l'autre côté de la Seine, il aurait moins de risques d'y être surpris ou d'y rencontrer l'une de nos connaissances. Mais il n'a pas envisagé qu'il avait une femme assez jalouse et méfiante pour vouloir connaître tous ses faits et gestes !

Quel est donc ce club de la rive gauche au jardin clos bien entretenu, dont l'accès est réservé aux membres, des hommes uniquement et où, si j'ose dire, les seules femmes dans un périmètre de cinquante mètres sont les bonnes qui nettoient les tables ?

C'est un club de boules ! De boules ! Antonia ! Un club de boules. Puisque le père Michael est mon confesseur, vous pouvez me croire quand j'affirme que Lucian passe deux heures de ses journées, trois fois par semaine, à jouer aux boules avec des avocats, des médecins et autres hommes de ce genre ! Mon Dieu ! De toutes les choses qu'il aurait pu faire, de toutes les choses que je le pensais en train de faire, il allait simplement jouer aux boules.

Oh, Antonia, quand l'espion m'a dit ceci, j'ai fondu en larmes de joie et d'incrédulité, tant et si bien que mes dames de compagnie ont cru que je faisais une sorte de crise. Mon corset était trop serré et je riais tellement de soulagement que je n'arrivais plus à respirer. Ma migraine a disparu en un instant et je me suis levée de ma méridienne, puis j'ai demandé qu'on me prépare un bain et ma plus jolie robe afin de me faire belle pour le retour de Lucian plus tard ce jour-là. J'ai même fait envoyer quelqu'un aux cuisines pour qu'on lui prépare de la volaille à l'ail, son plat préféré.

Je ne vais pas vous ennuyer en rentrant dans les détails à propos de l'activité si secrète de mon cher mari. Il est d'une nature si compétitive pour les jeux, et je suis sûre que c'est uniquement cette nature qui a fait de lui un expert dans le maniement de l'épée. Je vous demande une fois encore de ne rien révéler de tout cela à Roxton ; s'il l'apprend, il taquinera assurément mon cher époux, peut-être pas de façon si directe, mais assez pour que Lucian se demande comment il a pu découvrir son petit secret.

Maintenant que vous avez séché vos larmes d'hilarité, je rejette la responsabilité de mon triste état de santé, de ma méfiance infondée pendant cet épisode et de l'obsession de Lucian pour le jeu de boules sur vos délicates épaules, ma très chère sœur. Après tout, c'est entièrement votre faute ! Car pourquoi Lucian s'entraîne-t-il encore et encore à jouer aux boules ? À cause d'un pari ridicule entre vous deux ! Vous avez sûrement fait un commentaire désinvolte que vous avez instantanément oublié, mais Lucian l'a vu comme un défi, qu'il est bien décidé à relever. Peu importe que vous n'ayez parié que dix livres – que représente une telle somme pour vous deux ? Ce que veut Lucian, c'est gagner. Bien sûr, je lui ai dit qu'il allait forcément vous battre à ce jeu, ce qui l'a rendu très heureux. Mais je ne le pense pas vraiment, car vous êtes une meilleure joueuse que lui, et parce que je crois que Lucian ne voit pas aussi bien que ce qu'il prétend, que tout ce qui est plus loin que son bras tendu est un peu flou pour lui. Il s'est donc convaincu tout seul qu'il pouvait gagner.

Maintenant que vous savez que je suis une imbécile qui a cru que son mariage était en danger et allait se briser, maintenant que je ne suis plus hantée par ces craintes infondées, je dois vous dire que ma migraine est revenue, qu'elle est peut-être plus sévère encore qu'avant, et que c'est mon fils qui l'a fait réapparaître avec une rapidité alarmante !

En tant que mère de deux fils, ma très chère sœur, vous seule pouvez comprendre mon inquiétude pour mon garçon adoré. De sa naissance à aujourd'hui, chaque jour de sa vie a été pour moi une joie constante et une préoccupation quotidienne. Les pères s'inquiètent aussi, mais pas comme nous, et je me demande parfois s'ils pensent même à leurs enfants d'une semaine sur l'autre !

Aujourd'hui, je suis inquiète car Evelyn ne montre aucun intérêt pour les activités masculines propres à tous les garçons de son âge. Il déteste les efforts physiques de toute sorte, bien qu'il ne soit pas un mauvais épéiste. C'est ce que dit son père. Et Lucian doit bien le savoir, en tant que meilleur épéiste de son époque. Il dit que bien qu'Evelyn ne fasse pas d'effort au niveau des déplacements, il mise tout sur le placement de sa rapière. Et c'est de cette manière qu'il peut prendre le dessus sur son adversaire. Apparemment, ce placement n'est pas une chose aisée à faire, et Roxton serait également doué pour cela. Lucian me dit de ne pas m'inquiéter, qu'Evelyn saurait se défendre s'il se retrouvait dans un duel ou s'il était attaqué par un groupe de voyous, qu'il se prendrait peut-être des coups, mais qu'ils ne le battraient pas à l'épée.

Suis-je censée avoir l'esprit apaisé ?

Par ailleurs, il ne chasse pas, ne s'entraîne pas au tir et ne parie jamais sur les combats d'animaux comme tous les jeunes hommes de son âge. Il préfère fréquenter des orchestres de chambre, des opéras et des rassemblements musicaux, emportant son violon avec lui. Il va souvent aux Tuileries, quand les stands sont installés, et donc quand il y a le plus de gens qui y défilent, des gens que nous connaissons. Il installe son petit pupitre avec ses partitions et il joue pour les badauds, comme s'il était un mendiant et non le neveu d'un duc. Pourquoi fait-il cela ? Quel intérêt a-t-il à attirer ainsi l'attention sur lui, Antonia ? Pourquoi se couvre-t-il ainsi de honte ? Se moque-t-il complètement de la réputation de sa famille ? De ses ancêtres ? De savoir que sa mère, fille d'un marquis, petite-fille d'un duc et sœur d'un duc – et pas n'importe quel duc, mais Roxton –, est mortifiée à l'idée que son fils se donne ainsi en spectacle en public ? Se moque-t-il complètement de mes sentiments, de ma honte ?

J'ai exigé de Lucian qu'il ordonne à son fils d'arrêter ces démonstrations publiques indignes, qu'il lui rappelle ce qu'il doit à son nom, qu'il lui fasse comprendre qu'à cause de ces représentations publiques, sa chère mère doit rester alitée. Mais qu'a fait Lucian ? Il ne m'a pas écoutée. Il n'a pas dit à Evelyn qu'il se couvrait de honte, et sa famille avec, et plus important encore, qu'il mettait en péril la santé de sa mère ! J'ai à peine la force d'écrire ce qu'il a fait à la place, mais je vais m'y efforcer, pour vous. À la place, Lucian a demandé à Evelyn quelle somme d'argent le public avait lancée dans son chapeau, s'il avait récolté assez de monnaie pour acheter une bonne bouteille de vin. Et ils se sont mis à rire tous les deux comme de vilains garnements. C'est ce qui m'exaspère le plus ! Et Lucian n'a pas transmis une seule mise en garde à son fils. C'est affreusement gênant.

Et ne me parlez même pas d'Evelyn et des femmes, car il n'y a rien à dire à ce sujet !

Je me demande pourquoi il ne s'adonne pas à la débauche, pourquoi il ne court pas après les femmes, pourquoi il n'agit pas comme un homme. Car il s'agirait d'un comportement normal pour nos fils à leur âge, non ? Après tout, pendant que vous êtes en Angleterre, Alston, lui, se forge une réputation dans les salons du fait de son penchant pour une danseuse d'opéra – à moins que ce ne soit une chanteuse ? Peu importe. Ce qui compte, c'est la réputation qu'il se créée ! Il agit exactement comme le fils d'un duc le devrait. Mais la seule réputation que se forge mon fils est celle d'un petit-maître ! Je vous le dis, Antonia, je suis mortifiée et secrètement dévastée, car si c'est ce qu'il est vraiment, je n'aurai jamais de petits-enfants. Et il faut que j'aie des petits-enfants, car que nous reste-t-il quand nous vieillissons, si ce n'est des bambins pour lesquels nous inquiéter ?

La vie est-elle réellement si cruelle avec moi ? Evelyn est-il vraiment cruel envers sa mère au point de préférer son propre genre à la couche d'une femme ? Bien sûr, Lucian dit que j'ai la tête remplie de peurs infondées et d'absurdités, que je devrais arrêter d'écouter les commérages qui circulent dans les salons de Julie Charmond. Il dit qu'il tient de source sûre que notre fils se rend régulièrement dans une maison close près d'ici, qui reçoit exclusivement des aristocrates. Je lui ai dit que je ne le croyais pas une seule seconde et que pour le croire, j'avais besoin de preuves. Bien sûr, Lucian n'a aucune preuve, et il est parti en fulminant et avec le visage tout rouge alors que j'étais en pleine toilette matinale, grommelant que sa parole aurait dû suffire.

Maintenant que je repense à cette conversation, je me dis que sa source sûre, ce doit être lui-même ! Et que s'il est parti ainsi en claquant la porte de mon boudoir, c'est que lui aussi, il a dû engager un espion, pour surveiller notre fils. Et que c'est parce que lui aussi, il craignait qu'Evelyn ne s'intéresse pas aux femmes de cette façon. Il a découvert que notre fils se rend dans une maison close qui reçoit les aristocrates qui ont du désir pour les femmes, ce qui l'a rassuré à propos des penchants d'Evelyn, mais il est trop gêné pour m'avouer comment il a obtenu cette information, il a peur de ce que je penserais de lui si j'apprenais qu'il a envoyé quelqu'un pour l'espionner.

Mon Dieu, nous sommes tous des imbéciles dans cette famille, tous à notre façon, et voilà que je me remets à glousser en pensant à l'absurdité dont nous faisons preuve.

Antonia, je ne peux écrire une ligne de plus. J'ai l'impression que ma tête va se fendre en deux, cette fois-ci d'avoir trop ri, ce qui me rend également très faible. Mais vous devriez être contente d'apprendre que je suis très heureuse, que nous le sommes tous. Mais vous nous manquez, vous et le reste de la famille.

J'envoie tout mon amour et mes baisers à Henri-Antoine, à Roxton, et à vous, ma très chère sœur. Je vous en prie, rentrez vite.

Avec tout mon dévouement,
Estée

Le très honorable marquis d'Alston, Bess House, lac Windermere, Cumbria, Angleterre, à Sa Grâce le très noble duc de Roxton, Hôtel Roxton, rue Saint-Honoré, Paris, France.

Bess House, lac Windermere, Cumbria, Angleterre
Novembre 1769

Très cher père,

J'espère que quand vous recevrez cette courte lettre, vous et mère jouirez de votre habituelle bonne santé et qu'Harry se sentira mieux que ce que vous me transmettiez dans votre dernière lettre, dans laquelle vous me disiez qu'il avait été victime de deux crises en deux semaines.

C'était avant que Jack Cavendish ne vienne séjourner avec vous, et j'espère que maintenant qu'Harry peut profiter de la compagnie de son meilleur ami, il a recouvré la santé. Jack est un garçon plein de vie, mais également très aimable, comme vous l'avez sans doute déjà découvert. J'ai bon espoir qu'il remonte le moral d'Harry, et peut-être qu'il le divertira assez pour qu'il oublie sa maladie et puisse simplement profiter de sa vie de petit garçon, au lieu de vivre comme un invalide replié sur lui-même. Je vous en prie, embrassez-le de ma part et transmettez-lui tout mon amour. Dites-lui que son frère s'entraîne au tir à l'arc, et que quand je rentrerai à Paris, il aura l'opportunité de creuser l'avance qu'il a sur moi. Je crois qu'il a visé trois fois dans le mille, et moi une seule fois.

Je ne sais pas à quand remonte la dernière fois où vous avez eu l'occasion de vous rendre à Bess House, ici dans le Cumbria. Puisque je n'ai aucun souvenir d'avoir déjà voyagé autant au nord et que mère n'a jamais fait mention de cet endroit, je ne peux qu'en déduire que vous n'avez jamais visité la résidence élisabéthaine ancestrale de votre grand-mère paternelle, la quatrième duchesse de Roxton, Lady Elizabeth Strang Leven, comme elle s'appelait à l'époque où elle vivait ici. Un portrait d'elle est accroché au mur, ainsi que celui de son frère et de ses deux cousins les plus proches, qui sont tous très beaux à l'exception de leur coiffure ridicule. Ils portent tous ces longues perruques qui étaient en vogue à l'époque de Charles II et ont assez de cheveux sur le crâne pour recouvrir la calvitie de six jouvencelles ! De vrais caniches. Mais votre grand-mère était une belle femme, elle avait des yeux sombres qui retiennent l'attention et devaient la rendre inoubliable. Si je ne m'abuse, vous avez hérité de ses yeux.

Mais je suis sûr que les yeux de votre grand-mère ne vous intéressent pas, et je ne sais pas ce que je pourrais vous dire de plus à propos du domaine que vous n'ayez pas déjà lu dans les rapports mensuels que vous envoie son gestionnaire. Ce que je peux souligner, en tant que tierce personne concernée, c'est que les Dunnes veillent à ce que tout reste en ordre, bien que malgré leur servile dévouement, le jardin topiaire manque des conseils d'un jardinier de réputation et de la force musculaire d'une équipe d'hommes à son service qui pourraient tailler les feuilles des structures et leur rendre leur gloire d'antan. J'ai donc donné aux Dunnes la permission d'employer de tels hommes, et aussi de reconstruire la jetée, qui a été brûlée lors de la rébellion jacobite, quand la maison a été occupée par des rebelles, puis a accueilli l'armée pendant un certain temps.

Je vous demande la permission de venir vivre ici avec ma famille. Oui, père, ma famille. Car je suis bien décidé à veiller à ce que mon mariage soit réussi. Vous vous réjouirez d'apprendre qu'il s'agit à présent d'un véritable mariage. Notre union arrangée est assurément née dans les circonstances les plus éprouvantes, mais depuis que j'ai emmené Deborah ici, ces circonstances n'ont plus aucune importance à mes yeux. J'espère que quand elle apprendra tout à ce propos, ma femme pensera elle aussi qu'il ne s'agit que d'une vétille. Tout ce qui compte, c'est l'instant présent, et le futur.

Je sais qu'à l'époque où nous avons été unis, la lignée et l'âge de Deborah étaient les seuls critères qui ont fait d'elle une épouse appropriée, sans qu'aucune importance ne soit donnée à son apparence, à son tempérament ou à son intelligence. Ce que nous pensions et ressentions n'a pas été pris en compte, car vous considériez que c'était insignifiant.

Et pourtant, et je vais me risquer à écrire des évidences, quand vous avez épousé mère, il ne devait s'agir que d'une question de sentiments. Vous avez épousé une femme qui pouvait être à la hauteur de votre glorieux rang et de vos attentes, une femme qui possédait non seulement une grande beauté physique, mais dont les pensées et les actes reflétaient sa beauté intérieure, et dont l'esprit supérieur était en accord avec le vôtre.

Je ne m'appesantis pas sur ces choses pour vous blesser, mais pour vous rassurer, vous et mère ; malgré les circonstances de notre mariage, je suis plutôt certain, moi aussi, d'avoir trouvé en Deborah une partenaire qui est à la hauteur de toutes mes attentes. J'espère que cela apaisera vos esprits. À présent, c'est seulement si je peux être à la hauteur des attentes de ma femme, en tant qu'époux et en tant que père de nos futurs enfants, que je serai satisfait. Est-ce ce que vous ressentez avec mère – de la satisfaction ? C'est un mot que je n'aurais jamais pensé utiliser pour parler de mon mariage, mais à présent, c'est le seul mot que j'espère utiliser pour l'avenir que je vais partager avec Deborah.

Ce qui m'amène à la raison pour laquelle je vous écris. Je vous présente mes excuses, mais je ne peux pas vous dire quand nous pourrons voyager jusqu'à Paris. J'aimerais pouvoir vous dire que nous sommes en route, mais ce n'est pas le cas. Il est hors de question que j'écourte ce temps passé avec mon épouse pour satisfaire les caprices d'un avocat français et encourager les mensonges de la fille irascible d'un fermier général. Je viendrai quand je serai prêt – quand nous serons prêts.

Je ne peux pas partir d'ici tant que je n'aurai pas l'assurance que Deborah acceptera ma petite supercherie, car elle ne sait toujours pas qui je suis, et je n'ai pas encore trouvé le bon moment pour me confier à elle, pour tout lui avouer. J'hésite à le faire dès maintenant. Elle a besoin de plus de temps pour apprendre à me connaître entièrement ; ainsi, quand je lui révélerai ma véritable noblesse, elle pourra juger d'elle-même qu'il est impossible que je sois le monstre libidineux décrit dans les journaux français par ceux qui cherchent à détruire ma crédibilité et la bonne réputation de ma famille.

Je refuse donc poliment de me rendre à Paris le plus rapidement possible comme vous me l'avez demandé. Je sollicite plutôt votre indulgence, que vous reconnaissiez que ma femme et moi traversons une période délicate dans ces premières semaines de notre union. Quand j'aurai l'assurance que ma femme me fait entièrement confiance et quand j'aurai rassemblé le courage de lui dire la vérité, alors seulement je partirai d'ici et reviendrai à Paris pour faire face à mes détracteurs.

Je suis désolé de provoquer une angoisse injustifiée chez vous et mère, mais je suis sûr que vous comprendrez tous les deux à quel point c'est important pour moi, et pour l'avenir du duché des Roxton.

Votre fils qui vous aime,
Julian

Sir Gerald Cavendish, Bt., Abbeywood, via Bisley, Gloucestershire, Angleterre, à Sa Grâce le très noble duc de Roxton, Hôtel Roxton, rue Saint-Honoré, Paris, France.

Abbeywood via Bisley, Gloucestershire, Angleterre
Février 1770

Monsieur le duc,

C'est avec une immense préoccupation que je vous transmets une terrible nouvelle. J'espère qu'en lisant cette lettre, vous n'aurez pas une mauvaise opinion de votre correspondant, car je ne suis que le messager, et en tant que tel, je suis tout aussi déçu, non, furieux envers ma sœur – si je peux toujours la qualifier de sœur après son affligeant manque de manières et de sentiments distingués – que vous le serez quand vous lirez ce billet.

Je suis excessivement attristé de vous informer, monsieur le duc, que j'ai beau essayer de persuader ma sœur de quitter sa maison de Bath et de faire le voyage jusqu'à Paris pour prendre la place qui est la sienne auprès de son estimé mari, rien n'y fait. Pendant de nombreuses heures, je me suis efforcé de lui faire comprendre qu'elle a un devoir envers votre famille, mais en vain. Elle refuse obstinément d'entendre un avis qui diffère du sien. Lors de ma troisième visite en autant de jours, elle m'a interdit d'entrer chez elle. Moi ! Son frère s'est vu refuser l'entrée par ses domestiques. Je suis sûr que vous serez tout aussi horrifié que moi en apprenant ce qu'il s'est passé, à l'idée que ces laquais aient eu l'audace de verrouiller la porte à mon arrivée et de me laisser faire le pied de grue dans la rue en attendant une réponse. Leur insolence m'a presque poussé à tourner les talons et à partir. Mais je me suis ensuite rappelé la nécessité générale, celle que ma sœur rejoigne son époux, votre fils, Lord Alston, à Paris, pour témoigner de l'unité de la famille pendant cette période tout à fait déconcertante. J'ai donc patienté sur le trottoir pendant cinq bonnes minutes en attendant que ma sœur me laisse entrer, alors que tous ceux qui passaient par là me dévisageaient. Imaginez ma répugnance quand on m'a crié à travers la porte, rien de moins, qu'on me refusait l'autorisation d'entrer et qu'il n'y avait rien à ajouter après mes deux précédentes visites.

Je suis ensuite allé voir le médecin de Deborah dans l'espoir que le Dr Medlow serait plus raisonnable que ma sœur et éluciderait le mystère de la maladie dont elle souffre. Il n'a rien voulu me dire, me confirmant seulement que ma sœur était bien souffrante. Il a eu l'insolence d'ajouter qu'il vaudrait mieux pour sa santé et son bien-être que je garde mes distances avec Milsom Street ! J'imagine bien votre air répugné, cher duc, en lisant qu'un membre de la confrérie des médecins a eu l'audace d'offrir ses conseils à un baronnet ! J'ai menacé Medlow de le faire radier du registre des médecins. Je lui ai bien fait comprendre qui il était en train de défier – vous, en réalité, Votre Grâce. Mais rien n'a pu le pousser à me révéler un mot de plus que ce qu'il m'avait déjà dit. Et sur ce, il m'a souhaité une bonne journée !

Lorsque j'ai rendu visite à Deborah ces deux fois précédentes, quand on m'a autorisé à la voir, elle est restée prostrée sur sa méridienne et n'a pas eu la courtoisie de me saluer, ouvrant à peine un œil pour voir qui était là. Et c'était comme si ce minuscule geste reconnaissant ma présence avait été insupportable pour elle, car elle a promptement appuyé son mouchoir contre sa bouche et a tourné la tête contre le coussin, avec une théâtralité digne de Mrs. Woffington !

Je suis d'avis que tout cela n'est qu'une ruse, qu'elle gagne du temps pour consulter un avocat qui sera compatissant à sa cause et l'aidera à se séparer de son mari. Car c'est ce qu'elle veut, Votre Grâce. Je suis toujours sous le choc à cette idée ! Je suis incapable de comprendre qu'elle puisse vouloir s'éloigner d'une famille aussi illustre. Rien de ce que j'ai pu lui dire, même quand j'ai insisté pour lui rappeler la nouvelle merveilleuse qu'elle serait duchesse un jour, et pas n'importe quelle duchesse, mais la duchesse de Roxton, ne l'a poussée à me répondre autrement que par des grognements, comme si cette seule idée lui causait une douleur physique. Je lui ai dit sans ambages que le seul fait d'amorcer une telle procédure mènerait à sa perte et qu'elle ruinerait en passant la bonne réputation des Cavendish et attirerait une attention indésirable sur le duché des Roxton. Suite à quoi elle s'est contentée de me tourner complètement le dos et de marmonner des paroles inintelligibles dans son coussin, ce que sa femme de chambre a interprété comme le souhait de sa maîtresse que je la laisse seule à sa souffrance.

Je vous prie, Votre Grâce, de croire que bien qu'elle soit ma sœur, c'est à vous et à votre famille que revient et que reviendra toujours ma loyauté. J'ose demander votre pardon pour le comportement scandaleux de ma sœur. J'espère que son attitude inadmissible ne vous donnera pas une mauvaise image de ma personne et de ma loyauté, et que cela ne remettra pas en cause l'invitation que votre chère duchesse nous a envoyée, à mon épouse et moi, nous priant de vous rejoindre à Paris pour célébrer le mariage du dauphin français à l'archiduchesse autrichienne Marie-Antoinette.

Lady Mary et moi-même sommes impatients de nous joindre à vous et à la chère duchesse au printemps.

Votre dévoué et humble serviteur,
Gerald Cavendish Bt.

Mme la Duchesse d'Roxton, Hotel Roxton, Rue St. Honoré, Paris, France, to Mr. Martin Ellicott, Esq., Moran House, the Bath Road, Avon, England.

Hotel Roxton, Rue St. Honoré, Paris
March, 1770

Très cher Martin,

Je compte les jours qui nous séparent de votre arrivée. C'est égoïste de ma part, mais je regrette que vous ne soyez pas déjà là, avant l'arrivée du reste de la famille ; ainsi, nous aurions pu vous avoir rien que pour nous pendant au moins quelques jours. Mais j'espère que cela arrivera quand même, quand les autres repartiront à la fin des festivités parisiennes qui célèbreront le mariage du petit-fils du roi à sa princesse autrichienne.

Personne, à l'exception de monseigneur, ne me connaît aussi bien que vous, mon très cher ami. Ainsi, quand vous lirez qu'il y a une semaine seulement, notre souhait le plus cher et rempli d'espoir a une fois encore été anéanti, vous comprendrez que j'en suis restée inconsolable. J'étais convaincue que ce petit s'accrocherait à la vie et grandirait, que nous aurions le bonheur d'accueillir un bébé au début de l'automne. Mais malheureusement, cela n'était pas destiné à arriver, et j'ai perdu ce bébé à onze semaines de grossesse.

Cette fois-ci, nous n'avions dit à personne que j'étais enceinte. Seules mes dames de compagnie étaient au courant, car elles ne pouvaient pas ne pas l'être, et nous avons prié pour ce qui doit maintenant relever de l'impossible. Nous avions prévu d'en parler à Julian si le bébé avait survécu plus de quelques mois. Je ne m'étais pas confiée à Estée et Vallentine, seulement à vous. Car souvenez-vous, je vous avais parlé de leur réaction à cette nouvelle quand j'étais tombée enceinte il y a moins de deux ans. J'avais été sidérée de les entendre tous les deux dire que monsieur le duc était trop vieux pour être papa une nouvelle fois, et Estée avait même suggéré qu'à notre âge, nous ne devrions même plus avoir de relations sexuelles ! Elle avait dit que c'était indécent. Incroyable ! Je me moque de savoir ce qu'il se passe dans l'intimité de leur chambre, et ce qu'il se passe dans la nôtre ne les regarde pas non plus. Ceci dit, vous allez trouver que cela était osé, bien que cette réaction me ressemble, mais j'avais répondu à Estée que pour nous, chaque nuit était comme si notre lune de miel ne s'était jamais terminée. Ma pauvre sœur avait bien failli s'évanouir et tomber de sa méridienne en entendant cela ! J'admets en avoir ri, et Renard aussi quand je lui avais raconté comment j'avais taquiné sa sœur ce soir-là.

Mes fils sont tout pour moi, et peut-être encore plus maintenant, après cette nouvelle fausse couche. Ils ont un grand écart d'âge – l'aîné était si désiré et célébré, et le deuxième tout aussi désiré après s'être fait tant attendre – et ils me consolent après le chagrin que j'ai connu en perdant cinq (et maintenant six) petits alors qu'ils étaient à peine formés, et pour des raisons que seul Dieu connaît. Ma grand-mère pensait – et Estée semble partager cet avis – que ces fausses couches s'expliquent par la différence d'âge entre Renard et moi. Une théorie absurde et médisante. Ai-je tort de regretter qu'elle soit morte avant la naissance d'Henri-Antoine, ne serait-ce que parce que cela l'aurait remise à sa place ? Non ! C'est une chose affreuse à penser, et vous devez me pardonner. Je n'ai pas encore fait mon deuil, je ne suis donc pas entièrement moi-même. Je promets de m'en être remise quand vous arriverez. De plus, vous m'aidez toujours à me sentir mieux.

Une lettre de ma part n'en serait pas vraiment une, n'est-ce pas, si je ne parlais pas de mon petit garçon et de ses crises d'épilepsie. Il nous inquiète constamment. Ses crises arrivent tous les mois, parfois toutes les semaines. Son petit corps mince devient alors tout rigide, ses yeux foncés s'écarquillent et mon cœur s'emballe, car je me demande à chaque fois si cette crise sera celle pendant laquelle il arrêtera complètement de respirer ! Mais le Dr Bailey reste confiant et nous assure qu'en grandissant et s'il apprend à les maîtriser, les crises deviendront moins fréquentes et moins graves. Nous ne pouvons que le croire sur parole.

Monsieur le duc, vous le savez, n'est pas du genre à afficher ses émotions en public, il cache donc très bien le fait que l'affliction d'Henri-Antoine l'affecte. Il reste toujours aussi calme et pleinement maître de lui-même, ce qui lui a demandé une vie entière d'entraînement, mais je sais qu'intérieurement, il est effondré. Je crois réellement que c'est la voix de Renard qui a un effet apaisant sur notre fils. Ses crises, bien qu'elles aient toujours la même sévérité, ne durent pas aussi longtemps quand il parle à Henri-Antoine de sa voix réconfortante. Cela ne sort pas de mon imagination, car le Dr Bailey est du même avis que moi.

Ainsi, tandis que je me tords les mains d'inquiétude et fais les cent pas hors de vue de mon petit chéri, monsieur le duc reste assis à son côté, tient la main de son fils et caresse son front lisse de sa main froide. Pendant toute la durée de la crise, il lui parle d'une voix pleine de douceur, en anglais, ce qui – pour une raison inconnue – rend sa voix déjà grave encore plus grave. Quand je l'entends parler d'un ton aussi apaisant, je sens mon cœur gonfler et mes yeux se remplir de larmes. Henri-Antoine n'a jamais dit à aucun de nous qu'il l'entendait, seulement qu'il sait que son père est là avec lui. Je ne sais même pas vraiment ce que lui raconte Renard, non parce que je ne le comprends pas quand il parle anglais, mais parce que je suis tellement bouleversée que je parviens à peine à réfléchir. Mais vous savez, Martin, la voix de monsieur le duc a le même effet sur moi et rapidement, moi aussi, je me sens plus calme.

Henri-Antoine et moi, nous écoutons donc Renard raconter ses histoires de jeunesse, quand lui et Vallentine étaient de vilains garçons à Eton, ou bien pendant leur Grand Tour, quand ils ont fait la course à dos de chameaux le long du Nil, quand ils ont traversé le col du Mont-Cenis, perchés dans des chaises portées par les marrons, les villageois qui habitent cette région, et voulaient tant faire la course dans la neige que les marrons ont perdu l'équilibre en courant et ont failli tomber du col de la montagne et dégringoler vers une mort certaine. Et Renard raconte tout cela à Henri-Antoine de la même voix que s'il racontait des événements de tous les jours. Ce qui me brise le cœur, c'est qu'il conclut chacun de ces récits avec le même souhait : que quand Henri-Antoine sera plus vieux, il puisse lui aussi faire des bêtises avec son meilleur ami, et que rien ne rendra son père plus heureux que de lire les lettres dans lesquelles il lui racontera les bêtises en question.

Mais à présent, il y a autre chose qui m'inquiète et Martin, il faudra que vous soyez honnête avec moi quand vous verrez monsieur le duc, que vous me disiez si vous le trouvez changé, en moins bonne forme peut-être que la dernière fois que vous l'avez vu, à Noël. Il ne veut pas me dire quel est le problème, il affirme que ce n'est rien. Qu'ayant fêté son soixante-deuxième anniversaire, il est tout naturel qu'il reçoive plus souvent la visite de ses médecins. Mais je sais qu'il me cache quelque chose ! Je le sais ! Dites-moi, à quand remonte la dernière fois où il n'est pas allé faire du cheval le matin, si ce n'est avant le petit déjeuner, au moins en milieu de matinée ? Mais ces trois derniers mois, il n'est monté à cheval qu'une dizaine de fois, voire moins. Et il ne respire pas normalement, même s'il fait de son mieux pour me le cacher. À moi ! Pourquoi ? Pourquoi commence-t-il soudain à me cacher des choses, alors qu'il ne l'a jamais fait auparavant ? Il faudra donc que vous soyez honnête quand vous le verrez, que vous me confirmiez que je ne rêve pas, qu'il est un peu essoufflé et qu'il semble fatigué.

Bien sûr, tout cela pourrait être dû à la pression liée à ce procès ridicule et à ces accusations à l'encontre de Julian, peut-être que cette affaire lui encombre l'esprit. Moi aussi, je suis à bout de souffle, mais c'est de colère contre ce fermier général qui a l'insolence de traîner mon fils au tribunal, pour quelque chose qu'il n'a pas commis, je le sais. Quand je pense que tous les journaux en parlent ici, qu'ils autorisent l'impression d'une telle calomnie ! Même les journaux anglais ne se permettraient pas une telle chose. Je suis persuadée que cette histoire cache un dessein plus profond que la toquade d'une jeune sotte pour mon fils et le souhait d'un fermier général d'élever sa famille au rang de la noblesse – ces deux choses ont autant de chances d'arriver qu'une vache a de chances de passer devant ma fenêtre en volant !

Vous m'assurez que notre fils est incapable de faire ces choses décrites par la presse française, qu'il est trop honorable, trop fier, qu'il ne lui viendrait jamais à l'esprit de séduire la première femme venue, et encore moins une bourgeoise. Et vous connaissez notre fils aussi bien que ses parents ! Je pense que vous savez aussi que Julian est prude, qu'il est moralement chaste. Si monsieur le duc ne m'avait pas confié que notre fils a eu une aventure avec la belle épouse de ce diplomate russe, je l'aurais pensé complètement ignare au sujet de ce qu'il se passe dans la chambre quand il est parti pour sa lune de miel ! Mais je suis heureuse que cela n'ait pas été le cas, pour le bien de sa femme ! Ce qui me mène à vous dire que je garde précieusement la lettre que vous nous avez envoyée au retour de Julian du Cumbria avec Deborah.

Nous avons été très heureux d'apprendre qu'ils sont enfin réellement mari et femme. Qu'il l'ait emmenée en escapade amoureuse en pleine nature, sur la rive du lac Windermere, pour une vraie lune de miel est de bon augure pour leur mariage, non ? Je me suis sentie bien mieux à propos de leur union quand vous nous avez dit que notre belle-fille était amoureuse de Julian. Comme vous le savez, j'étais très malheureuse que Renard ait marié Julian de cette manière, et s'il s'était avéré que Deborah n'était pas à son goût ou inversement, j'aurais volontiers veillé à ce qu'ils soient officiellement séparés avant la consommation de leur union.

Les choses ne se sont pas déroulées comme nous l'espérions, puisque Deborah est toujours en Angleterre, par entêtement je pense, et je ne peux pas l'en blâmer. Elle a entièrement le droit d'être en colère contre Julian après son manque de franchise à propos de sa noblesse. Pourquoi n'a-t-il pas trouvé un moment pendant leur lune de miel pour tout lui avouer ? Il n'y a pas meilleur endroit qu'un lit conjugal pour une confession de ce genre, je n'arrive donc pas à comprendre pourquoi mon fils n'a pas été capable d'avoir cette conversation sur l'oreiller avec son épouse. Mais il est jeune, et je le soupçonne d'une certaine pudeur, il a donc encore beaucoup de choses à apprendre dans son rôle d'amant et d'époux, et seuls l'assurance et le temps pourront arranger cela. Je ne veux pas être une mère qui se mêle des affaires de ses enfants, je prie donc pour qu'ils puissent régler ce problème entre eux, et avant que monsieur le duc ne se mette vraiment en colère face à leur comportement à tous les deux. Je comprends totalement qu'il soit frustré vis-à-vis de la grandeur d'âme dont fait preuve Julian, mais il vaut mieux le laisser faire ses propres choix, et c'est exactement ce que j'ai dit à Renard.

Je vous en prie, rejoignez-nous vite. Henri-Antoine demande des nouvelles de son oncle Martin. Vos sages conseils pourraient aider Julian, car il s'agirait d'une voix supplémentaire pour lui faire entendre raison. Renard et moi aurons aussi besoin de votre soutien pour faire face au calvaire que va représenter ce procès. Et bien sûr, Vallentine se sentira bien plus aimé quand je le taquinerai et que vous serez là pour me défendre à son détriment !

Bon voyage, mon cher et bon ami,
Antonia Roxton

Le très honorable marquis d'Alston, Hôtel Roxton, rue Saint-Honoré, Paris, France, à Mr. Martin Ellicott, Esq., Moranhall, route de Bath, Avon, Angleterre.

Hôtel Roxton, rue Saint-Honoré, Paris, France
Octobre 1770

Très cher Martin,

J'ai un fils ! Un petit garçon en bonne santé, qui est parfait à tout point de vue, qui a une tignasse de cheveux noirs et deux poumons qui fonctionnent parfaitement ! Ses pleurs puissants sont un vrai bonheur, même à quatre heures du matin, quand il réveille ses parents en réclamant qu'on le nourrisse. Cela ne me gêne pas du tout, et comme Deb a insisté pour donner le sein à notre fils, il passe une bonne partie de son temps au lit avec nous, à la grande consternation de tante Estée, qui est incapable de comprendre pourquoi nous n'avons pas employé de nourrice et pourquoi, au nom de tout ce qui est sacré, nous voudrions avoir un bébé qui hurle et qui réclame constamment quelque chose (ce sont ses mots, pas les miens) près de nous à tout instant.

Mais je n'arrête pas de le regarder. Je suis toujours hébété de bonheur à l'idée qu'il soit à moi, que je sois son père. Vous pouvez très bien imaginer ce que ressent mon très cher père maintenant qu'il y a deux générations pour lui succéder.

Mais laissez-moi vous assurer que Deb va très bien. Elle a subi un long travail, mais on m'a dit que c'était normal pour les premières naissances. Et bien qu'elle m'ait ouvertement couvert de jurons, que je méritais tous, elle s'est montrée plus courageuse que personne et s'en remet très bien. Le médecin a dit que l'accouchement s'était déroulé relativement facilement, tout bien considéré, ce qui est de bon augure pour ses futures grossesses. Oh, ce n'est pas moi que vous devriez réprimander parce que je pense déjà à nos futurs enfants. C'est Deb qui était très fière d'elle-même et qui m'a rapporté ce que lui avait dit le médecin !

Seriez-vous choqué d'apprendre que je suis resté avec Deb pendant tout son calvaire ? Ce fut une expérience extraordinaire. Au début, j'étais terriblement angoissé quand ses contractions ont commencé, et je souffrais le martyre en entendant ses cris de l'autre côté de la porte, sans savoir ce qui lui arrivait, ni si elle était en danger. Je crois avoir tant fait les cent pas sur le tapis d'Orient que je l'ai réduit en lambeaux !

Après coup, c'est très bien de savoir que les cris de Deb étaient normaux et non le signe qu'elle courait le moindre danger, mais sur le moment, je me sentais complètement inutile et toutes sortes d'images terrifiantes me passaient par la tête, au point que j'ai cru tourner de l'œil. Puis père m'a dit quelque chose de tout à fait surprenant. Il m'a demandé pourquoi je n'étais pas à l'intérieur, pour soutenir ma femme pendant cette épreuve, et si je n'avais pas envie d'assister à la naissance de mon fils. Lui n'aurait raté ma naissance pour rien au monde. Ma tête a failli se décrocher de mon cou en entendant cela, je peux vous le dire. J'ai dû le regarder comme s'il lui était poussé une deuxième tête, et il a fallu pour que j'y aille que mère se moque de moi et me dise d'arrêter d'être sot et d'entrer rejoindre Deborah avant qu'il ne soit trop tard. C'était tout l'encouragement dont j'avais besoin !

Nous avons fait une entorse à la tradition et avons donné à notre fils trois prénoms qui n'ont aucun lien avec le côté Roxton de la famille : Frederick, comme mon grand-père maternel, George, comme le père de Deb, et Martin, comme vous, mon parrain. J'espère que les prénoms de notre fils vous plairont autant qu'à nous, et autant qu'à mes parents.

En voyant Frederick blotti dans les bras de son grand-père, je sens les larmes monter, car mon père a alors meilleure mine, son regard s'éclaire et il retrouve son apparence passée. Bien sûr, mère a totalement craqué pour mon fils, et elle a un instinct maternel tellement naturel qu'elle est déjà la grande préférée de Frederick. Naturellement, Henri-Antoine et Jack sont partagés, et voir les garçons retrousser le nez et se regarder avec le même air horrifié quand Frederick commence à s'agiter, comme si les cris d'un bébé étaient comparables à la peste, nous fait tous rire de bon cœur. J'aimerais tant que vous soyez ici avec nous, et je suis impatient que vous vous joigniez à nous à Treat pour Noël, et pour le baptême.

Tout le monde vous envoie son amour, et Deb en particulier souhaitait vous passer le bonjour.

À bientôt, mon cher parrain,
Julian

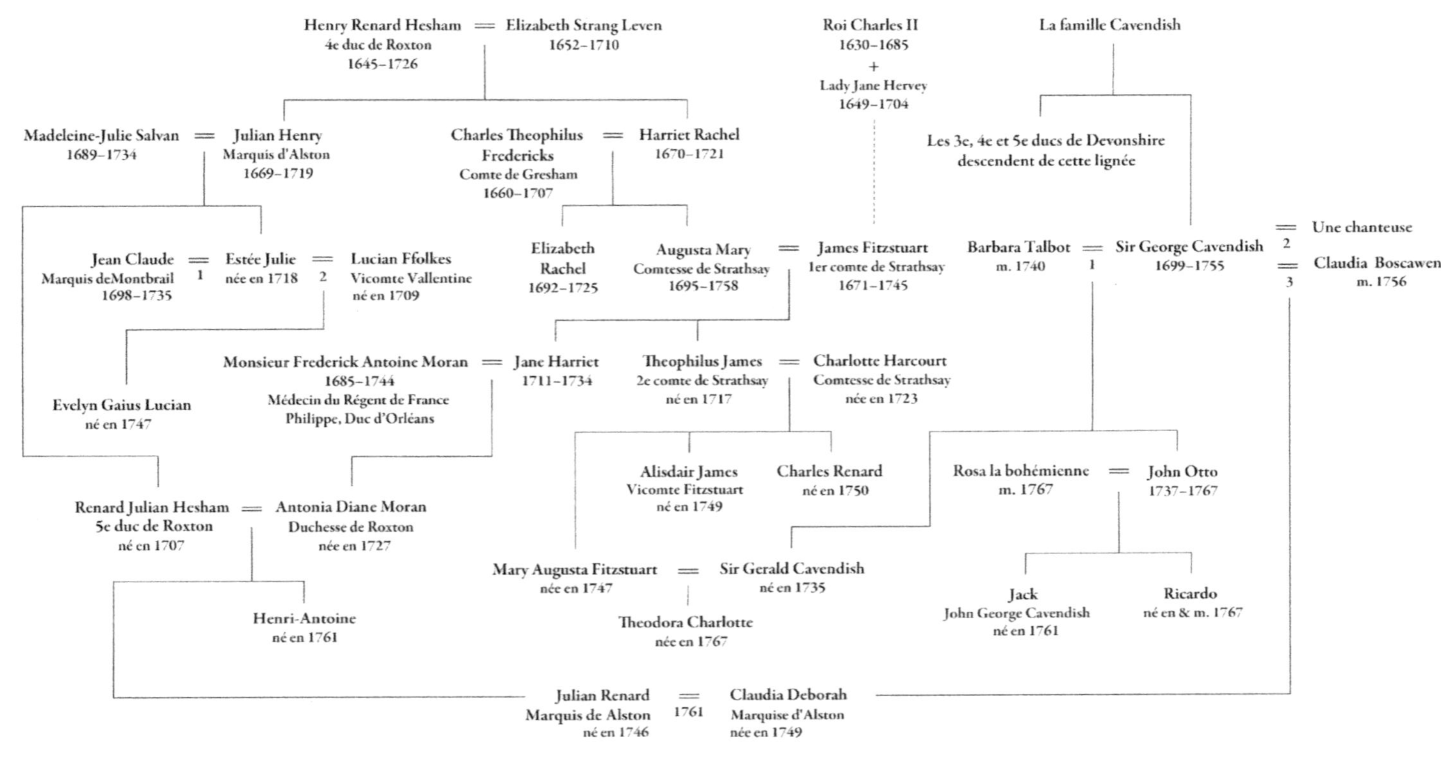

Henry Renard Hesham
4e duc de Roxton
1645–1726
Elizabeth Strang Leven
1652–1710
Roi Charles II
1630–1685
+
Lady Jane Hervey
1649–1704
La famille Cavendish
Les 3e, 4e et 5e ducs de Devonshire
descendent de cette lignée
Madeleine-Julie Salvan
1689–1734
Julian Henry
Marquis d'Alston
1669–1719
Charles Theophilus
Fredericks
Comte de Gresham
1660–1707
Harriet Rachel
1670–1721
Une chanteuse
Claudia Boscawen
m. 1756
Jean Claude
Marquis deMontbrail
1698–1735
Estée Julie
née en 1718
1
Lucian Ffolkes
Vicomte Vallentine
né en 1709
2
Elizabeth
Rachel
1692–1725
Augusta Mary
Comtesse de Strathsay
1695–1758
James Fitzstuart
1er comte de Strathsay
1671–1745
Barbara Talbot
m. 1740
1
Sir George Cavendish
1699–1755
2
3
Evelyn Gaius Lucian
né en 1747
Monsieur Frederick Antoine Moran
1685–1744
Médecin du Régent de France
Philippe, Duc d'Orléans
Jane Harriet
1711–1734
Theophilus James
2e comte de Strathsay
né en 1717
Charlotte Harcourt
Comtesse de Strathsay
née en 1723
Renard Julian Hesham
5e duc de Roxton
né en 1707
Antonia Diane Moran
Duchesse de Roxton
née en 1727
Alisdair James
Vicomte Fitzstuart
né en 1749
Charles Renard
né en 1750
Rosa la bohémienne
m. 1767
John Otto
1737–1767
Mary Augusta Fitzstuart
née en 1747
Sir Gerald Cavendish
né en 1735
Jack
John George Cavendish
né en 1761
Ricardo
né en & m. 1767
Henri-Antoine
né en 1761
Theodora Charlotte
née en 1767
Julian Renard
Marquis de Alston
né en 1746
1761
Claudia Deborah
Marquise d'Alston
née en 1749

LETTRES DE
DUCHESSE D'AUTOMNE

Sa Grâce le très noble duc de Roxton, Treat via Alston, Hampshire, au très noble marquis d'Alston, Bess House, lac Windermere, Cumbria.

Treat via Alston, Hampshire
Novembre 1773

Mon fils,

Je suis si fier de vous, du fils, de l'époux, du père et du gentleman que vous êtes. Vous êtes devenu l'homme que j'aurais dû être à votre âge, mais je n'ai pleinement embrassé ma destinée que quand j'ai rencontré votre mère.

Vous ferez un digne duc de Roxton, et un bien meilleur aristocrate que moi. Et c'est très bien ainsi. Les futures générations devraient toujours s'efforcer de faire mieux que les précédentes.

J'applaudis votre force de caractère, qui vous pousse à faire vos propres choix. Vous avez vécu dans mon ombre pendant de nombreuses années, ce qui a représenté un réel fardeau sur vos épaules, mais malgré tout vous êtes allé de l'avant avec dignité, résolu à laisser votre propre empreinte sur votre vie. Et je sais que vous en ferez autant avec le duché. Je vous fais entièrement confiance pour honorer un héritage qui remonte au règne de la reine Élisabeth Iʳᵉ. Longtemps après votre époque, vos descendants se souviendront de vous comme d'un homme bon et honnête et d'un duc exemplaire. Je n'aurais pu rêver meilleur héritier.

Ne tombez pas dans un deuil excessif à ma mort. Vous avez le devoir de toujours rester tourné vers l'avenir. Tel est notre destin. Nous, les aînés, qui devons transmettre de grands noms et de grands domaines aux générations futures, nous ne pouvons pas nous permettre le luxe de la sentimentalité. Nous pouvons nous tourner vers le passé avec tendresse, et pour nous assurer que nous ne répéterons pas les erreurs de nos ancêtres, mais il ne faut surtout pas que nous ayons le moindre regret quant au passé. Nous avons la responsabilité, l'obligation, de nous tourner vers le futur, d'assurer un avenir plus radieux à nos fils.

Vous avez la chance d'avoir trouvé en Deborah une bonne épouse, aimante et dévouée. Elle vous a donné trois merveilleux fils en autant d'années, et elle vous en donnera d'autres, j'en suis convaincu. Ne serait-ce que pour ces raisons, elle mérite votre dévouement. Mais vous savez aussi bien que moi que pour qu'un mariage soit heureux, vous devez être en véritable harmonie. Le bonheur personnel de votre femme est d'une importance capitale, et vous devez également investir dans le temps que vous passez ensemble, et en famille. C'est de cette manière uniquement que votre mariage restera solide et que vous pourrez vous reposer dessus, vous et vos enfants, pendant les périodes difficiles ou tristes.

L'amour et le mariage sont apparus tard dans ma vie. Je n'en regrette pas la première moitié, mais chaque jour depuis que j'ai épousé votre mère, je me suis seulement tourné vers l'avenir, pas vers le passé, et tous les jours, ma bonne fortune me laisse encore un peu bouche bée.

Je n'aurai aucun scrupule à quitter cette terre quand Dieu me jugera prêt à rejoindre son royaume. Je sais, au fond de mon cœur, que je vous reverrai dans cette prochaine vie, où je vous attendrai, où j'attendrai que ma famille me rejoigne, et surtout, que votre mère se joigne à moi pour l'éternité.

Vous saviez que je ne pouvais pas vous écrire une dernière lettre sans parler d'elle.

Votre mère est le soleil, et nous ne sommes que les planètes qui gravitent autour d'elle. Elle distribue généreusement sa lumière, sa chaleur et son amour inconditionnel. Sans elle, le monde dans lequel nous vivons serait froid et sombre.

L'ironie étant qu'à ma mort, vous allez vivre, pendant un temps, dans ce monde froid et sombre. Votre mère va vivement souffrir de ma perte, si vivement que je crains pour sa santé mentale. Le simple fait d'envisager une telle conséquence m'a jusque-là empêché de rendre mon dernier souffle, ce qui étonne et déconcerte mes médecins, qui observent les signes physiques de ma détérioration sans prendre en compte mon esprit résistant et tenace. Ce dernier refuse tout simplement d'écouter les savants avis médicaux et gardera la maîtrise sur mon corps jusqu'à ce que mon cœur, mes poumons ou les deux ne puissent plus fonctionner correctement, jusqu'à ce que j'arrête tout bonnement de respirer.

Votre mère est douée d'une grande intelligence et peut converser, argumenter et déclamer sur de nombreux sujets intellectuels souvent jugés hors de portée pour la gent féminine, mais elle est complètement faible d'esprit pour tout ce qui concerne les affaires de cœur. Je suis suprêmement reconnaissant de cette faiblesse émotionnelle. Les sentiments ont une importance capitale à ses yeux, et en tant qu'homme qui a été éduqué à sublimer mes sentiments pour le bien de son statut vénéré de pair du royaume, je remercie le Ciel chaque jour qu'elle aime inconditionnellement et que ses émotions soient aussi intenses et profondes.

Mais cela ne vous apporte aucun réconfort, car à ma mort, ce sera à vous de vous occuper d'une veuve endeuillée et inconsolable. Et votre mère, puisqu'elle ressent chaque émotion avec une grande intensité, sera excessivement fragile d'esprit. Ce qui, bien sûr, vous affectera, vous et votre famille, de toutes les façons possibles.

J'aimerais qu'il en soit autrement, pour votre bien. Mais pour le mien, je ne peux qu'être éternellement reconnaissant de l'avoir rencontrée à ce moment-là de ma vie. Elle a vécu plus d'années avec que sans moi. Depuis son dix-huitième anniversaire, elle n'a connu aucune autre vie, aucun autre compagnon à part moi. Je l'ai égoïstement gardée auprès de moi, toujours. Aucun de nous n'aurait voulu qu'il en soit autrement. Mais elle était très jeune quand nous nous sommes mariés, et malgré son caractère indépendant et son esprit vif, cela signifie qu'elle n'a jamais appris à être autonome émotionnellement. Cela dit, jusqu'à ce que je tombe malade, je n'avais jamais considéré qu'il s'agissait de quelque chose de nécessaire à nos vies, car je ne peux concevoir la vie sans elle.

Ma maladie incurable implique que je n'aurai jamais à vivre sans votre mère, ce qui me soulage immensément, mais provoquera une tristesse éternelle chez elle.

Il faudra pourtant qu'elle vive sans moi. Vous comprenez, Julian ? Il faudra qu'elle VIVE. Elle devra continuer à vivre, pendant de nombreuses, nombreuses années. Ce n'est pas grâce à vous qu'elle parviendra à le comprendre, alors n'essayez pas de lui faire entendre raison. Je prie pour qu'il existe quelque part un homme honorable, un homme digne d'elle, qui pourra lui montrer que la vie vaut finalement la peine d'être vécue.

Ne laissez pas le fait d'être responsable de votre mère et son chagrin être un fardeau sur vos épaules. Il faut que vous viviez, vous aussi – pour votre femme et vos enfants, ceux déjà nés et ceux à venir. Je sais que vous, Deborah et votre famille vivrez une vie longue, heureuse et épanouissante, et cela me remplit de joie. Vous me permettez de mourir en paix, satisfait et sans inquiétude pour l'avenir. Quel merveilleux cadeau pour un parent fier.

Ne désespérez pas, mon très cher garçon. Je m'en vais vers un monde meilleur, où je serai accueilli par mes très chers parents, avec qui je serai enfin réuni. Et quand Dieu le voudra, votre mère me rejoindra. Je m'accroche à cette idée, qui me réconforte énormément.

Je vous aime,
Votre très cher père

[*Roxton à Antonia – sa dernière lettre. Supposément écrite quelques mois avant sa mort en 1774.*]

Mon amour,

J'ai trop longtemps repoussé la rédaction de cette lettre. Je me suis trop longtemps fourvoyé, me disant que je n'aurais peut-être jamais besoin de le faire. Pendant trop longtemps, je me suis autorisé à tenir pour acquis, et vous n'avez jamais faibli non plus dans cette croyance, que je suis « monsieur le duc de Roxton ». Comme si ma noblesse ancestrale était une sorte d'armure qui me rendait invincible, au moins à vos yeux. Ah, mon amour, comme cette illusion est douce-amère.

Mais je resterai à jamais reconnaissant que les étoiles se soient alignées et vous aient permis d'entrer – ma délicate et radieuse beauté – dans ma vie. Depuis le jour de notre mariage, vous devez savoir que je suis demeuré votre dévoué serviteur. Je n'ai plus jamais perdu de temps à penser à nos années d'écart. Vous êtes ma femme, ma fidèle compagne, mon seul amour, et je suis et ai toujours été éperdument amoureux de vous.

J'ai vécu chaque jour avec vous comme une année, chaque heure comme une journée. Je voulais que notre vie ensemble dure un millier de vies, je voulais passer autant d'heures en votre joyeuse compagnie que possible. Vous qui n'avez pas seulement été l'amour de ma vie, mais une mère absolument merveilleuse pour nos fils – deux superbes gentlemen qui représentent une source quotidienne de fierté et d'émerveillement. Je n'aurais jamais pensé devenir père, et encore moins de fils comme eux, mais vous êtes bien leur mère, et je vous vois chaque jour en eux. Dans leurs manières, dans leur beauté, dans leur cœur et dans leur esprit. Mais malgré tout le temps passé en leur compagnie, et en compagnie de notre famille et de nos amis, ce sont les moments que nous avons passés tous les deux que je chéris le plus. Ces précieuses heures pendant lesquelles nous n'étions que tous les deux, dans la bibliothèque ou dans notre lit, à moitié endormis, moi me réveillant à l'aube et vous, profondément endormie dans mes bras ; grâce à ces instants, j'étais persuadé que peut-être le temps que nous passions ensemble pourrait s'étirer à jamais.

Nos séjours annuels sur Swan Island m'en avaient presque convaincu. S'il existe un paradis sur terre, c'est sur cette île que nous l'avons trouvé, n'est-ce pas, mignonne ? Nous y avons passé des moments si insouciants, si heureux. Nous avons pu nous bercer de la merveilleuse illusion que nous avions tout le temps devant nous, que le monde nous appartenait.

J'ai toujours cru que tant que vous étiez à mes côtés, tout était possible, et cela a très longtemps été le cas.

Mes retrouvailles imminentes avec mes parents ont particulièrement mis en évidence notre différence d'âge, et l'idée d'être séparé de vous m'inspire une douleur aiguë, me fait souffrir au-delà de ce que les mots peuvent exprimer. Cette douleur est bien plus pénible que tout éventuel inconfort physique, qui n'a aucune importance. Le sentiment de vide à l'idée d'être séparé de vous m'a tant dévasté que pendant un instant d'égoïsme, j'ai regretté que nous ne soyons pas d'un âge plus rapproché ; ainsi, j'aurais eu la certitude de ne pas avoir à attendre longtemps avant que vous ne me rejoigniez.

Mais cet instant est passé, et je me rends compte qu'avec vous, j'ai connu tellement de joie, tellement d'amour inconditionnel que ma vie a été comblée, bien plus que la vie de la plupart des hommes, bien plus même que les dix vies de dix hommes. C'est donc de bon gré et satisfait que je quitte cette existence mortelle, que je vais à la rencontre de mon Créateur, prêt à attendre que vous me rejoigniez. Pour moi, tout cela passera en un battement de cils, mais pour vous…

Je n'ai jamais eu à faire quelque chose de plus difficile que de vous écrire cette lettre. Ce n'est pas parce que j'éprouve la moindre difficulté à exprimer ce que je ressens pour vous, ce que vous représentez à mes yeux ou à quel point vous avez enrichi ma vie de nombreuses façons, mais parce que je sais ce que vous devrez endurer quand je vous quitterai.

Cette lettre n'apaisera pas votre souffrance, mais je vous dis tout ceci car il le faut. Peut-être qu'à mesure que les jours deviendront des années, vous trouverez un certain réconfort dans ces mots.

C'est ironique, mais avec l'arrivée imminente de la mort, on passe le temps qu'il nous reste à réfléchir à la vie ! Et la vie, pour moi, a réellement commencé le jour où je suis entré dans mon hôtel de la rue Saint-Honoré avec vous dans mes bras, alors que vous aviez reçu une balle dans l'épaule. Jusqu'au moment où ce scélérat vous a tiré dessus, je vivais ma vie, une belle vie, mais je ne m'étais jamais rendu compte que la vie que je menais n'avait aucun intérêt émotionnel. Mes sentiments ne s'étaient jamais exprimés que de façon très superficielle. Mais vous, ma chérie, vous m'avez permis en un instant d'ouvrir les yeux sur cette effrayante situation, alors que je croyais vous avoir peut-être perdue à jamais, et avoir perdu l'opportunité de mieux vous connaître. Dès cet instant, quand je vous ai déposée sur la méridienne en attendant le médecin, j'ai senti l'étincelle de quelque chose de plus profond, quelque chose de déconcertant que pendant longtemps, je n'étais pas prêt à reconnaître, mais que vous avez immédiatement su identifier, sans aucun doute et malgré votre âge tendre, comme le coup de foudre dont il s'agissait. Je peux en rire à présent et secouer la tête en repensant à votre conviction inébranlable que nous étions faits pour être ensemble ainsi qu'à mon entêtement dans mon refus de reconnaître que si mon cœur battait plus vite en votre présence, c'était parce que j'étais amoureux de vous.

Je suis toujours amoureux de vous, et mon cœur se met toujours à battre un peu plus fort quand vous entrez dans une pièce, m'apercevez et me souriez comme si on se voyait pour la première fois depuis très longtemps, alors qu'en réalité, nous nous sommes quittés seulement une heure plus tôt, après dîner. Et quand vous vous précipitez vers moi dans un nuage de soieries délicatement parfumées et que vous vous appuyez contre moi, le menton relevé pour que je vous embrasse, vous savez que je ne peux pas vous dire non, peu importe qui se trouve dans la pièce, et non seulement mon cœur se met à battre plus vite, mais aussi à chanter de joie à l'idée que vous m'aimiez tant.

Vous m'avez toujours compris, accepté comme je suis et aimé inconditionnellement et intensément, et à présent, alors que j'écris ces lignes, ma main tremble car je suis envahi par l'émotion. Comment se fait-il que vous seule ayez été capable de voir au-delà de mon arrogance, de voir l'homme qui avait envie — non, qui avait besoin – de l'amour et de la loyauté d'une honnête femme qui pourrait lui offrir un refuge, un foyer. Vous savez que je ne parle pas de briques et de mortier, mais du cœur – votre cœur, ma chérie, dans lequel j'ai vécu une vie heureuse et comblée, nourri par l'amour que vous ressentez pour moi, pendant plus d'un quart de siècle.

Et à présent, je vais bientôt devoir vous quitter – voilà, je l'ai écrit noir sur blanc – et je reste dans le déni. Mon corps, en l'état actuel des choses, me dit de lâcher prise, de m'abandonner à l'inévitable afin de trouver la paix. Je sais que je rejoindrai alors un monde meilleur, que je retrouverai mon père, qui m'a été arraché quand j'avais seulement douze ans, et ma mère, qui était si dévouée et aimante, et que j'ai également perdue trop tôt et beaucoup pleurée.

Mais mon esprit veut que je m'accroche, essaye de me convaincre que même un seul jour de plus près de vous vaut bien l'éternité qui m'attend auprès de mes proches. Je vais m'accrocher avec toute la force dont je suis capable – pour vous. Pour que vous subissiez un jour de deuil en moins. Pour vous éviter le désespoir et le chagrin inimaginable de notre séparation sur cette terre.

Vous ne le dites pas. Nous n'en parlons jamais. Comme si notre silence pouvait tout faire disparaître. Mais je vois le reflet de tout cela dans vos beaux yeux – oh, comme j'idolâtre ces bijoux vert émeraude – quand vous me pensez distrait ou en train de me reposer. J'ai toujours aimé vous observer faire la conversation, voir le merveilleux effet que vous avez sur les autres. Leurs yeux s'illuminent, ils sourient et ils se sentent mieux, ne serait-ce que parce qu'ils ont passé du temps en votre compagnie. Voilà une autre chose qui remplit mon cœur de joie. Vous avez toujours eu un don pour faire le bonheur des autres, pour les mettre à l'aise, et quand ils vous quittent, je vois bien que vous avez renforcé leur amour-propre.

Comment pourrais-je vous dire de ne pas me pleurer ? Je sais que vous serez en deuil. Un amour comme le nôtre est éternel et ne devrait pas être nié. Si les rôles étaient inversés, je serais inconsolable, fou de chagrin, incapable de vivre de façon un tant soit peu ordinaire, et ce depuis longtemps. Mais vous avez fait tout votre possible pour vous assurer que notre vie se poursuive normalement, pour moi, nos fils et le reste de notre famille, et ce pendant trois interminables années. Pour cette seule raison, je me prosterne à vos pieds, plein d'humilité face à votre force de caractère et votre patience.

Ce que je vous demande, ma précieuse chérie, c'est d'utiliser cette force de caractère pour continuer à vivre quand je fermerai les yeux pour la dernière fois. Comment pourrais-je vous attendre sereinement si je sais que vous vivez dans le malheur et le désespoir parce que mon infirmité et mon âge m'ont arraché à vous avant que vous ne soyez prête à ce que je vous quitte ? Vous savez que j'attendrai nos retrouvailles, qu'alors nous pourrons passer l'éternité ensemble. Ces quelques courtes années de séparation ne représenteront rien. Alors ne les gâchez pas à me pleurer. Il faut que vous viviez, pour nos fils et nos petits-enfants, pour tous ceux qui ont besoin de vous.

Et quand vous n'aurez plus de larmes à verser, je veux que vous ouvriez votre esprit à la possibilité d'en aimer un autre, d'être aimée par un autre. Et même si ce vieux satyre bien sot se sent envahi d'une jalousie déraisonnable à la seule idée que sa belle se retrouve dans les bras d'un autre homme, je vous exhorte à prendre un amant. Vous êtes une créature sensuelle, délice de mon cœur, et vous méritez tout ce qu'un amant attentionné peut offrir. J'ose même espérer que vous en trouverez un autre à aimer. Quelqu'un qui vous chérira et rira avec vous. Quelqu'un avec qui vous pourrez vous blottir sous les couvertures, satisfaite.

Pour votre propre bien, ma chérie adorée, je vous en prie, vivez et aimez comme nous avons vécu et aimé, entourés par notre famille et nos amis, avec vous au centre de ce monde.

Je ne vous dis pas adieu, mais au revoir. Je vais m'assurer que votre méridienne favorite et le plateau de backgammon soient prêts et je vais rester assis là, resplendissant dans ma tenue en soie et velours noirs, faisant tourner mon lorgnon en attendant patiemment que vous me rejoigniez – pour l'éternité.

Renard

[Entrée dans le journal d'Antonia Roxton. Elle a écrit de façon sporadique pendant quelques mois, cette entrée n'est donc pas datée. Son mariage avec Roxton a eu lieu en février 1746, cette entrée date donc de février 1776.]

Notre trentième anniversaire de mariage

Ce jour marque notre trentième anniversaire de mariage, et j'ai l'impression que c'était hier seulement que je vous apercevais pour la première fois dans la cour des Princes, où vous vous entraîniez à l'épée en manches de chemise, ce qui était tout à fait scandaleux. Oh, mais je ne pouvais détacher mon regard de vous, et j'ai alors su, aussi certainement que le soleil se lève chaque matin, que nous étions destinés à être ensemble pour le restant de nos jours. Oui, vous souriez et hochez la tête car vous êtes d'accord, mais à une époque, vous étiez aussi sceptique que tous les autres, et je ne vous le reproche pas ! N'ai-je pas toujours dit qu'il faut écouter son cœur ? C'est un organe des plus déterminés et en ce qui concerne l'amour, il gagnera toujours face à l'esprit. Les arguments des autres n'ont aucune importance ; n'est-ce pas d'ailleurs le disciple Matthieu qui disait que l'on juge l'arbre à ses fruits ? Et quels beaux fruits notre mariage a donnés !

J'ai demandé à mes bonnes de préparer la robe à la turque que vous préférez sur moi, celle en soie d'un délicat rose nacré et brodée de fils dorés, avec les mules en soie assorties et ornées de petites pampilles dorées. Je portais cette tenue au bal de l'ambassadeur ottoman, et vous m'aviez dit que vous aviez peur que je sois enlevée pour être intégrée à son harem, que vous alliez peut-être m'interdire de porter une tenue aussi ravissante en public. J'avais prétendu être fâchée que vous ayez découvert mon plan consistant à infiltrer le harem de l'ambassadeur pour découvrir ce qu'y faisaient les femmes toute la journée, enfermées loin de la compagnie masculine. Je me souviens également que pendant ce bal, vous aviez osé diriger votre lorgnon droit sur l'ambassadeur, quand il m'avait interrogée à propos de notre séjour à Constantinople.

Vous aviez regardé Son Excellence de haut en bas, comme si ce pauvre homme avait bel et bien l'intention de m'enlever ! J'avais dû me retenir de glousser, car il était très nerveux d'être ainsi inspecté par votre œil agrandi, et de la sueur avait perlé sur son front. Mais cela était peut-être dû à son lourd turban en soie qui, selon Vallentine, donnait à l'ambassadeur des airs de miche de pain à la croûte trop épaisse. Je ne comprends toujours pas pourquoi vous intimidez autant les autres, alors que moi, je vois bien que vous les taquinez, et j'ai seulement envie de glousser derrière mon éventail ! Je crois que vous êtes passé à côté de votre vocation, monsieur le duc, que vous auriez dû finir sur scène. Ceci dit, vous avez toujours captivé l'attention de votre auditoire sans avoir besoin d'un théâtre pour accueillir votre performance, n'est-ce pas ?

Les enfants de Julian et Deb se portent bien. Je me suis rendue à la maison principale une ou deux fois le mois dernier, et c'est une véritable joie que d'entendre leurs rires quand ils se courent après dans le jardin. Oui, je sais, je devrais leur rendre visite plus souvent, mais Julian n'aime pas les voir bavarder en français avec cette créature ridicule et morose qui était autrefois leur grand-mère. Il veut en faire de véritables petits anglais, c'est donc cette langue qu'ils doivent parler avant tout, et non la langue maternelle de leurs grands-parents. Je sais que vous êtes d'accord avec lui, il est donc inutile que j'en débatte avec vous, ou avec lui.

Oh, j'ai presque oublié de mentionner qu'en l'honneur de notre anniversaire de mariage, il y a trois jours à peine, Cornelia a donné une deuxième portée de chiots à Scipio. Deux chiennes au pelage fauve et blanc et deux chiens noir et feu, qui sont tous en bonne santé. J'ai promis un chiot à Martin, pour tenir compagnie à sa Delilah, qui vient d'avoir neuf ans et semble frêle. Je pense qu'un chiot lui fera de nouveau remuer la queue et permettra à Martin d'avoir quelque chose, ou plutôt quelqu'un d'autre sur qui se concentrer au lieu de s'inquiéter pour moi. Pour être honnête, je suis très lâche vis-à-vis de Martin, car je n'ai pas encore pu lui faire face depuis que vous êtes parti sans moi.

Pourquoi ? Pourquoi m'avez-vous abandonnée ainsi ? Pourquoi suis-je seule ici, dans cette maison ? J'existe, mais je ne suis pas réellement présente, n'est-ce pas ? Je mange sans sentir le goût des aliments. Je bois sans me rendre compte que j'ai soif. Je m'endors avec l'espoir que la journée passée n'a été qu'un rêve. Quand je pose ma tête sur l'oreiller, je continue à espérer, en dépit de tout, que je serai sortie de ce cauchemar à mon réveil, que vous serez là, endormi près de moi, que je pourrai vous raconter mes craintes infondées et que vous me prendrez dans vos bras et m'embrasserez jusqu'à ce qu'elles disparaissent. J'ai mal à la tête, et la douleur dans mon cœur est telle que j'ai l'impression de porter un poids très lourd sur ma poitrine, et si mon cœur devait s'arrêter, je m'en moquerais. Je regarde le lac par la fenêtre et je me dis que c'est aujourd'hui que je vais marcher jusqu'à la jetée et continuer à avancer entre les roseaux et jusqu'au milieu du lac, que mes jupons vont s'imbiber d'eau et s'alourdir à chaque nouveau pas traînant, jusqu'à ce que je ne puisse plus bouger les jambes, jusqu'à ce que l'eau me monte jusqu'au menton, et alors je n'aurai plus qu'à ouvrir la bouche et laisser l'eau s'y engouffrer…

Je suis allée me laver le visage et Michelle m'a préparé une tasse de café, j'ai donc l'impression d'être un peu redevenue moi-même. J'ai relu le dernier paragraphe, et je suis désolée. Tout ce que je dis est vrai, bien sûr, mais je vous demande pardon d'être aussi morbide en ce jour particulier. Je vais essayer de ne plus être aussi bêtement égoïste et d'arrêter de dire des choses aussi ridicules, car je sais que vous, Vallentine et Estée êtes contrariés de voir que je ne suis pas moi-même. Vous ai-je dit à quel point je suis contente que vous soyez tous les trois de nouveau réunis ? Mais bien sûr, cela me rend triste également, car vous êtes réunis sans moi !

Heureusement, je peux me réjouir de ma prochaine visite au mausolée. Je viendrai avec Scipio, ainsi vous pourrez voir à quel point votre fidèle compagnon se porte bien, à quel point c'est un fier géniteur. Et bien sûr, quand les chiots seront plus grands, je vous les emmènerai pour que vous puissiez les inspecter, vous pourrez les voir courir dans tous les sens et nous pourrons décider ensemble de celui que Martin devrait adopter.

Joyeux anniversaire de mariage, mon amour.

Sa Grâce la très noble duchesse de Roxton, Treat via Alston, Hampshire, à la très honorable Lady Mary Cavendish, Abbeywood via Bisley, Gloucestershire.

Treat via Alston, Hampshire
Mai 1776

Très chère Mary,

Votre lettre me présentant vos condoléances suite à la perte que Julian et moi avons récemment subie m'a fait verser une larme. Vous avez raison, bien sûr, et nous nous estimons privilégiés d'avoir quatre enfants heureux et en bonne santé. Je suppose que nous avons été d'autant plus tristes que c'est arrivé à un moment particulier ; il s'agit non seulement de ma première fausse couche, mais en plus l'annonce de ma grossesse avait remonté le moral de tout le monde, car comme vous le savez, il est au plus bas depuis la mort de monsieur le duc il y a deux ans.

C'est comme si ce triste événement avait eu lieu hier seulement, et par moment, Julian vit dans un brouillard de chagrin. Dieu soit loué, nous avons les enfants, qui lui permettent – non, nous permettent – de garder les pieds sur terre et de rester occupés, ce qui nous empêche de tomber dans une terrible mélancolie comme celle dont souffre sa mère. Nous sommes déterminés à être aussi heureux que possible, pour eux, et ils nous poussent à nous tourner vers l'avenir, et non vers le passé.

La petite Juliana venait de naître, souvenez-vous, et avait à peine un mois quand monsieur le duc est mort. Louis et Gus ne gardent aucun souvenir de lui non plus. C'est Frederick qui en souffre le plus ; il me raconte qu'il s'asseyait sur le genou vêtu de soie de son grand-père pour qu'il lui fasse la lecture, qu'il écoutait ses histoires à propos du précédent roi français. Mais ce qui est encore pire pour Frederick, c'est de voir le triste état dans lequel se retrouve sa grand-mère, et face auquel il est très confus. Elle ne ressemble en rien à la grand-mère qu'il a connue et je sais que cela le trouble, même s'il vient seulement d'avoir six ans. Il a une vieille tête sur ses jeunes épaules, et je le plains énormément pour cela.

Par moments, je reste encore réellement stupéfaite de l'influence considérable que mon beau-père a eue sur tous ceux qui entraient dans son orbite, notamment sa famille. Vous le savez mieux que personne, Mary, puisque vous avez grandi avec lui dès votre naissance. Et d'ailleurs, j'ai eu les larmes aux yeux quand vous m'avez raconté ce joli souvenir de lui vous apprenant à jouer au backgammon quand vous aviez douze ans et aviez perdu votre propre père dans des circonstances traumatisantes. Vous avez écrit à son propos avec tant d'affection que si je n'avais pas eu le privilège de le connaître en tant que beau-père pendant un petit nombre d'années, je n'aurais pas cru possible que vous parliez du même aristocrate tant son image publique était différente de celle qu'il montrait à sa famille.

Je n'ai jamais été entièrement à l'aise en sa compagnie, mais je pouvais me détendre un peu quand toute la famille était réunie, car je voyais bien dans l'attitude et les conversations de tous qu'ils l'aimaient inconditionnellement. Sa famille était tout pour lui. Il les adorait tous, et c'était réciproque.

Ce que je trouve fascinant, c'est que dans les faits, mon beau-père était l'incarnation de l'aristocrate arrogant. Il méprisait ceux qui étaient en dessous de lui, qu'il considérait de caractère inférieur, et quand il prenait la parole, il donnait toujours l'impression de s'attendre à ce que tout le monde l'écoute, à ce que sa parole fasse loi. Il agissait également ainsi avec sa famille, et parfois, il pouvait me faire frissonner d'effroi ; il avait notamment une façon de poser les yeux sur les gens, de regarder à travers eux, comme si leur parole, et d'ailleurs leur présence même, n'avait aucun intérêt pour lui. Heureusement, je n'ai jamais reçu un tel regard de sa part. Il était très économe dans ses mots, comme si parler plus que nécessaire était un effort qu'il n'avait pas besoin de faire. Bien sûr, de tels silences étaient toujours comblés par la duchesse mère, et il était très heureux qu'elle s'en charge.

Merci d'avoir invité la duchesse mère à vous rendre visite, mais en vérité, elle n'est de bonne compagnie pour personne, et il vaut mieux la laisser à son chagrin inconsolable dans la maison douairière. Julian lui rend visite dès que possible, mais il m'avoue qu'il ne sait pas pourquoi il s'entête, car elle semble à peine le voir, et lui dit deux mots tout au plus.

Je vous en prie, chère Mary, gardez tout cela pour vous, car Julian m'en voudrait de trahir sa confiance, mais j'ai besoin de me confier à quelqu'un dans la famille, sinon je vais assurément moi-même perdre la tête ! Alors je vous en prie, je vous en supplie, gardez mes lettres sous clé, et un jour, quand je vous le demanderai, brûlez-les toutes.

Je n'ai dit à personne d'autre ce que je m'apprête à vous révéler.

Julian a fait appel à un médecin spécialisé dans les esprits brisés, pour qu'il vienne évaluer l'état de sa mère et la soigner. Il pense que nous aurions dû faire appel à ses services il y a bien longtemps, quand ses étranges habitudes sont apparues. Mary, je vous en prie, ne répétez rien de tout cela. Mais vous devez me croire quand je vous dis que la duchesse mère a commencé à faire la conversation à la statue en marbre de monsieur le duc qui surmonte sa tombe. Elle se rend au mausolée tous les jours, avec des fleurs et des livres, et elle s'y installe pour la journée, discutant avec l'ancien duc comme s'il était encore vivant et qu'il lui répondait.

Je n'ai pas assisté moi-même à ce comportement alarmant, et Julian non plus, mais il a été rapporté par diverses sources, ce doit donc être vrai. Julian a commencé à se dire que sa mère refusait peut-être de croire à la mort de son mari quand il a remarqué qu'elle ne parle jamais de monsieur le duc, ou monseigneur comme elle l'appelle parfois, au passé. Elle l'évoque comme s'il était toujours bien en vie. Et il en va d'ailleurs de même pour Lord et Lady Vallentine. Je ne sais jamais comment lui répondre, et quand elle souligne qu'elle parlera de telle ou telle chose à monsieur le duc en rentrant chez elle, je dois faire appel à tout mon sang-froid pour rester impassible.

Que Julian ait atteint ses limites au point de faire appel à un professionnel médical me brise le cœur et m'inquiète. J'espère seulement qu'il pourra l'aider avant qu'il ne soit trop tard et qu'elle doive être enfermée pour de bon. Cette décision impensable n'a jamais été évoquée entre Julian et moi, alors une nouvelle fois, je vous en prie, tout ceci doit rester entre nous.

Bien sûr, à présent, nous nous inquiétons également pour Henri-Antoine, qui est tellement négligé par sa mère endeuillée que c'est comme s'il avait perdu ses deux parents, et pas seulement son père. J'ai été stupéfaite de voir cette mère, qui a surveillé son fils à chaque instant de la journée de sa naissance à ses douze ans, dévorée par l'inquiétude face aux crises dont il souffrait à cause du mal caduc, agir comme si son intérêt pour son benjamin était mort en même temps que monsieur le duc. Elle ne prend plus de ses nouvelles, ne s'approche plus de lui, n'envoie plus le Dr Bailey se renseigner sur son état de santé, et ne nous demande même plus comment il va, à Julian et moi. Pour ce qu'elle en sait – et je me montre très cruelle, mais je suis en colère –, il aurait pu mourir de l'une de ses crises d'épilepsie qu'elle ne se serait même pas rendu compte de cette tragédie.

Comment a-t-elle pu devenir aussi insensible en un battement de cils ? Que doit penser ce pauvre garçon, après avoir perdu son père et sa mère, qui le dorlotait à chaque seconde de sa vie ? Bien sûr, le fardeau de sa charge revient maintenant à Julian. Non pas qu'il le voie comme un fardeau, et moi non plus, car nous aimons Harry (c'est ainsi que nous préférons l'appeler) autant que nous aimons nos propres enfants, mais je m'inquiète de l'état de son jeune esprit. Dieu soit loué, ses crises n'ont pas été aussi sévères récemment, ni aussi fréquentes, et Dieu soit loué, il a Jack !

Jack est gentil et fiable, et il veille sur Harry et l'aime comme un frère. Julian se fait quand même du souci pour l'avenir, mais son cœur est apaisé de savoir que les garçons s'amusent bien à Eton, même si Bailey n'est jamais loin. Mais je pense que les deux frères ont passé une sorte d'accord en ce qui concerne l'avenir du médecin, car Harry et Jack sont partis pour l'école de bien meilleure humeur, et en hochant la tête en direction du duc d'un air de conspirateurs, espérant peut-être que je ne verrais rien ! Je compte bien découvrir ce qu'il se passe exactement, quand j'aurai un moment de libre.

Vous envisagerez sérieusement ma proposition que vous et Teddy veniez passer un mois avec nous quand il vous plaira, n'est-ce pas ? Je sais que je ne donne pas une image très rose de la vie ici à Treat, mais c'est bien mieux d'être ici que de lire ce qu'il s'y passe dans l'une de mes lettres déprimantes.

Je suis bien consciente que cela fait maintenant un an que Gerald est mort, votre période de deuil doit donc toucher à sa fin, ou alors ce sera bientôt le cas. Puisque le domaine est entre les mains expertes de son régisseur et que Julian est très satisfait des compétences de Mr. Bryce à ce niveau, vous pouvez vous permettre de quitter Abbeywood pour nous rendre visite. Assurément, Mr. Bryce donnera sa permission pour que Teddy rende visite à ses cousins. Quant à cette dernière, elle doit avoir cruellement besoin de compagnie et d'un nouvel environnement, autant que sa mère. Alors je vous en prie, réfléchissez sérieusement à notre proposition, et faites-en immédiatement la demande à Mr. Bryce. Il ne peut pas être impitoyable au point de vous refuser cela, et refuser que Teddy quitte Abbeywood reviendrait assurément à vous le refuser, car je sais que vous ne partiriez pas sans elle !

Les enfants nous permettent de rester concentrés sur ce qui importe, et ils nous remontent le moral de sorte que nous pouvons passer des journées entières sans nous référer au passé, et votre venue ici ne ferait que renforcer ces moments de joie. Ce serait particulièrement bénéfique pour Teddy de passer du temps avec ses jeunes cousins, et je suis sûre qu'elle adorerait s'occuper de Juliana, qui a vraiment tout d'une princesse.

J'entends les enfants qui sont de retour dans le jardin après être descendus au lac pour faire naviguer leurs petits bateaux. Je vais conclure cette lettre pour qu'elle puisse être cachetée et envoyée avec le courrier du duc cet après-midi. Si j'ai d'autres choses à vous écrire, ce sera envoyé avec le prochain courrier, que vous recevrez une semaine après cette lettre.

J'espère découvrir la date à laquelle vous comptez arriver dans votre réponse.

Avec tout notre amour,
Deborah

Mr. Christopher Bryce, à transmettre par Abbeywood via Bisley, Gloucestershire, à Sa Grâce le très noble duc de Roxton, Treat via Alston, Hampshire.

À transmettre par Abbeywood via Bisley, Gloucestershire
Août 1776

Monsieur le duc,

J'espère que vous et votre famille êtes en excellente santé.

Puisque je ne suis pas un adepte des banalités et que je n'ai aucune envie de gâcher de l'encre et de vous faire perdre un temps précieux, je vais en venir directement au fait.

Joint à cette lettre, vous trouverez mon rapport habituel, confié comme toujours à votre secrétaire, Mr. Audley, pour qu'il le remette à Sa Grâce. J'espère qu'en le lisant, vous serez tout aussi satisfait que l'était Mr. Audley quand il s'est installé pour parcourir attentivement les livres de comptes et la correspondance liée au domaine.

Vous envoyer ces rapports ne me pose aucun problème, Votre Grâce, car il s'agissait de l'une des conditions du testament de Sir Gerald. Nous sommes tous les deux tenus par ce document, dont nous sommes co-exécuteurs, et je le suis moi-même d'autant plus en tant que régisseur du domaine jusqu'à la majorité de Sir John, mais aussi en tant que tuteur de la fille unique de mon cousin, Theodora. Mais je continue à m'opposer fermement à la venue en personne de Mr. Audley jusque dans le Gloucestershire pour vérifier les livres en votre nom, alors que cette tâche onéreuse pourrait aisément être réalisée et certifiée par un intermédiaire attitré qui résiderait à Circencester ou à Bath.

Ce n'est pas à moi, Votre Grâce, de me demander comment vous pouvez gérer les tâches quotidiennes de votre domaine sans l'expertise de Mr. Audley pendant une semaine par trimestre.

Mais je m'interroge sur un autre point : je me dis que vous devez considérer mes compétences bien médiocres pour envoyer votre secrétaire, dans les faits, regarder par-dessus mon épaule. À moins qu'une autre raison sous-jacente explique pourquoi vous ressentez le besoin que Mr. Audley soit vos yeux et vos oreilles, raison que vous ne souhaitez pas me révéler ? Car, Votre Grâce, il s'agit de la seule conclusion que je peux tirer après avoir toléré pendant un an les visites trimestrielles de votre secrétaire.

Vous affirmez que rien n'a changé depuis la mort de Sir Gerald. Que Mr. Audley se rendait régulièrement à Abbeywood en votre nom, et pour des raisons similaires. J'admets que quand mon cousin était vivant, il a laissé ses envies dépasser largement ses revenus, et le domaine était lourdement endetté. Ainsi, Sir Gerald n'avait d'autre choix que de se plier à votre demande de faire surveiller ses affaires, car il courait le risque bien réel que vous lui demandiez le remboursement des prêts considérables que vous lui aviez accordés pour que le domaine reste viable. Depuis la mort prématurée de mon cousin, depuis que je suis donc devenu régisseur, l'état du domaine s'est nettement amélioré, tant et si bien qu'un tiers de cette dette a déjà été remboursé. Je vous demande donc une fois de plus, monsieur le duc, pourquoi Mr. Audley doit continuer à nous rendre visite. Ces visites ne sont pas nécessaires, et elles ne sont certainement pas désirées.

Pour être franc, je n'apprécie pas cet homme. Sa présence trouble le quotidien non seulement du domaine, mais aussi du foyer. Lady Mary est obligée de le traiter comme un invité, et je suis obligé de la laisser faire. Il se comporte comme quelqu'un d'une condition supérieure à la sienne, et puisqu'il est ici de votre part, il agit comme s'il était lui-même un duc parmi nous. Ceci dit, j'avoue ne jamais avoir rencontré de duc, je ne saurais donc pas en reconnaître un. Je ne cherche pas à vous manquer de respect, Votre Grâce, mais je suis en faveur d'un discours franc, et en tant que co-exécuteur, je préfère vous traiter comme mon égal, avec politesse et authenticité, rien de plus et rien de moins.

Vous avez une nouvelle fois abordé la question de la tutelle de la fille unique de Sir Gerald, et m'avez dit que vous et votre chère duchesse aviez la bénédiction de Lady Mary pour que Theodora grandisse sur votre domaine avec vos propres enfants. Vous estimez, et je cite votre lettre, « que Theodora bénéficie-rait de l'éducation qu'elle mérite avec ses proches, qu'elle ne manquerait de rien sous ma protection ».

C'est très bien de souhaiter cela, mais ce n'est pas ce que voulait Sir Gerald. D'ailleurs, vous savez aussi bien que moi que dans son testament, mon cousin interdisait formellement que sa fille unique soit élevée avec la famille de son épouse. Il n'a pas précisé pourquoi, mais il a insisté sur ce point. Je pourrais spéculer quant à ses raisons, mais je n'en ferai rien, et vous ne le devriez pas non plus. Je suis incapable de comprendre ce qui a poussé Sir Gerald à estimer qu'un homme qui ne s'est jamais marié et qui n'a pas d'enfant serait le meilleur tuteur pour une enfant de huit ans, en particulier une fille. Sir Gerald a confié sa fille à mes soins jusqu'à ce qu'elle se marie ou jusqu'à son vingt-cinquième anniversaire, en fonction de ce qui arrivera en premier, je vais donc remplir mon devoir auprès d'elle, et auprès de lui. Il vaudrait mieux pour tous ceux qui sont concernés, mais surtout pour Theodora, que ce sujet ne soit plus jamais abordé. Je ne changerai pas d'avis, et Lady Mary en est bien consciente.

En ce qui concerne l'avenir de Theodora, je demande – non, j'exige, ce qui est mon droit en ma qualité de tuteur – que vous vous absteniez de demander une nouvelle fois la bénédiction de Lady Mary pour mettre fin à cette tutelle. Non seulement l'obtention d'une telle bénédiction est inutile, car je resterai inflexible sur la question, mais en abordant ce sujet avec Lady Mary, vous avez sans doute provoqué chez elle un désarroi inutile. Naturellement, elle voudrait accéder à votre demande – je doute qu'on se soit jamais opposé à vous –, mais elle sait ce que j'en pense, elle doit donc naturellement être tiraillée entre vos exigences et mon inflexibilité. Si elle vous donnait sa bénédiction quant à la garde de sa fille, il ne s'agirait que d'un vœu pieux qui ne mènerait nulle part.

Dans cette même lettre, vous avez été assez sincère avec moi pour évoquer ouvertement vos inquiétudes à propos de la santé et du bien-être de Lady Mary. Laissez-moi vous rendre la pareille. En tant que mère de Theodora, et tant que la petite aura besoin de sa mère, Lady Mary pourra considérer qu'elle est chez elle à Abbeywood. C'est à ce titre qu'elle bénéficie de toutes mes courtoisies, et non, même si je suis sûr que vous préféreriez cela de ma part, en tant que fille d'un comte et cousine d'une maison ducale. Je suis bien conscient que Sir Gerald était du genre à faire le paon devant les parents titrés de sa femme et qu'il ponctuait ses conversations d'une pléthore de références à ces nobles relations, mais sous mon administration, Abbeywood est une ferme en activité. De ce fait, il n'y a aucune place, et je n'ai pas le temps, pour de tels artifices.

Pour en revenir à Lady Mary et à votre généreuse proposition de compléter son allocation pour qu'elle vive d'une manière digne de son statut, je la refuse encore, en son nom. Je vous en prie, ne renouvelez pas votre offre une nouvelle fois, car je la refuserai encore, ce qui deviendra sans doute une source d'embarras pour un aristocrate comme vous, qui s'attend à ce qu'on lui obéisse inconditionnellement. Et sachez que j'ai bien fait comprendre à Lady Mary que si elle devait accepter une telle allocation de votre part, elle pourrait également accepter votre proposition de venir vivre avec vous et votre chère duchesse, mais que sa fille resterait ici avec moi.

Je ne cherche ni ne veux votre opinion, Votre Grâce. Et je n'ai pas non plus besoin de votre soutien. Je suis un agent libre, et je tiens à le rester. Cela ne veut pas dire que nous ne pouvons pas rester civilisés l'un envers l'autre et poursuivre les mêmes objectifs. J'en ai deux : veiller à ce que Theodora devienne une jeune femme bien élevée et épanouie, et que l'héritier d'Abbeywood, Sir John Cavendish, hérite à son vingt-et-unième anniversaire d'une propriété digne de son rang et qui lui permettra de vivre comme un gentleman. Je suis certain, Votre Grâce, que vous ne souhaitez rien de moins.

Votre humble serviteur,
Christopher Bryce, Esq.

L'honorable Charles Fitzstuart, St. James's Mews, Westminster, Londres, au très honorable commandant Lord Fitzstuart, Fitzstuart Hall via Denham, Buckinghamshire.

St. James's Mews, Westminster, Londres
Mai 1777

Très cher frère,

Quand vous lirez ceci, je me serai déjà enfui en France avec Sarah-Jane Strang. Nous comptons nous marier, à vrai dire, mais j'espère obtenir la bénédiction de son père pour cela avant notre départ. Vous n'êtes absolument pas surpris, si ? Je peux vous entendre rire à gorge déployée d'ici, Dair ! Vous secouez la tête et vous vous demandez pourquoi il m'a fallu autant de temps pour rassembler le courage de faire tout cela.

Vous savez depuis longtemps, n'est-ce pas, que mes tendances politiques et ma conscience vont vers la cause rebelle dans les colonies, et pourtant vous n'avez jamais dit un mot contre moi. Vous auriez d'ailleurs pu me dénoncer à Shrewsbury en tant qu'espion et traître, mais vous n'en avez rien fait ! Vous ne m'avez jamais questionné, ce dont je vous suis mille fois reconnaissant.

Vous qui êtes profondément loyal à votre roi et votre pays, vous qui avez risqué votre vie une centaine de fois pour les deux, vous qui avez mené vos hommes au combat (une affaire sanglante) – et j'ai entendu Mr. Farrier évoquer certains des exploits que vous avez accomplis ensemble –, vous êtes un héros pour tant de gens, et pour moi, votre petit frère. Mais que devez-vous penser de moi, si ce n'est que je ne suis qu'un sale traître ? Et je ne vous le reproche pas.

Peu importe ce que vous pensez de moi, vous devez savoir que je vous aimerai et vous admirerai toujours, avec toute ma sincérité et mon dévouement. Personne ne pourrait rêver d'un meilleur grand frère, plus honorable que vous. Et je serai le premier à lever mon verre en votre honneur quand vous hériterez enfin du comté, car vous ne méritez rien de moins. Je me moque de ce que les autres pensent de vous, qu'ils vous traitent de fanfaron arrogant et insouciant, je me moque que mes tendances républicaines et vos principes monarchistes soient irréconciliables ; vous êtes la chair de ma chair, vous êtes mon frère, et au fond de mon cœur, je sais que vous êtes un homme bon et respectable. Je suis fier de dire à quiconque le demande que mon grand frère est un homme noble, non seulement de naissance, mais aussi en paroles et en actes.

Et n'est-ce pas un bel acte que vous avez accompli en me poussant juste ce qu'il fallait pour que je fasse ma déclaration à Miss Strang ? À partir de quand avez-vous soupçonné que j'étais tombé amoureux de ma précieuse colombe ? Vous avez une expérience tellement plus vaste des femmes, et vous connaissez tellement bien votre petit frère, je suis sûr que vous n'avez eu besoin que de quelques minutes en notre compagnie pour comprendre ce que je ressens pour elle !

Je vous avoue maintenant avec beaucoup de honte que j'étais torturé à l'idée que vous convoitiez Miss Strang pour son héritage considérable. Je me rends compte à présent que vous agissiez simplement comme mon grand frère, que vous essayiez de déterminer si ses sentiments pour moi étaient sincères et réciproques ! C'est Sarah-Jane qui me l'a dit, et elle était absolument indignée que vous la preniez pour une femme volage ! Mais elle vous a pardonné, et vous demande pardon en retour !

Nous prévoyons de nous installer dans la ville de Versailles, et je vais commencer à travailler en tant qu'interprète et traducteur auprès de Mr. Benjamin Franklin. C'est réellement un honneur, comme vous le confirmera notre cousine la duchesse, qui a une très haute opinion de l'intelligence de Mr. Franklin, si ce n'est de ses opinions politiques ! J'espère qu'un jour, vous serez aussi fier de moi que je le suis de vous, mon très cher frère. Chaque jour, je m'efforcerai de viser cet objectif.

Je vous en prie, transmettez tout mon amour à mère et à Mary. J'imagine que vous grincez des dents à la perspective de devoir expliquer mon comportement à mère, mais c'est peut-être l'annonce de mon mariage à la fille d'un nabab qui déclenchera chez elle une réaction encore plus mélodramatique et dévastatrice et la fera sûrement fondre en larmes et se prostrer sur sa méridienne. Oui, je vous dois beaucoup.

Gardez un œil sur Mary et sa situation. Elle est veuve à présent, et bien débarrassée de son pompeux époux, qui lui était inférieur en caractère et en statut – je sais, j'ai courageusement écrit noir sur blanc ce que nous pensions tous les deux de cette union, mais aucun de nous deux n'avait l'âge ou n'était dans une situation qui nous permettait de faire quoi que ce soit à ce propos à l'époque, n'est-ce-pas ? Maintenant, au moins, vous pouvez agir. Une fois encore, tout retombe sur vos épaules, qui sont cependant assez larges pour porter le fardeau familial.

J'ai écrit à père pour lui annoncer ma nouvelle. Je sais que cela n'a aucune espèce d'importance à vos yeux, mais je l'ai fait par politesse, car je me sentais redevable. Dites-vous que maintenant, vous n'avez plus à vous en charger. Je vous ai épargné cette obligation !

Écrivez-moi quand vous le pourrez et si vous le pouvez. Vous allez me manquer.

À une prochaine fois, car il y en aura une.

Votre frère qui vous aime,
Charlie

Mr. Jonathon Strang Leven, à transmettre par Lawson and Gower Chambers, Gray's Inn Road, Londres, Angleterre, à l'honorable Mrs. Charles Fitzstuart, aux bons soins de l'honorable Charles Fitzstuart, 21 rue du Peintre Lebrun, Versailles, France.

À transmettre par Lawson and Gower Chambers,
Gray's Inn Road, Londres, Angleterre
Mai 1777

Très chère Sarah-Jane,

Je confie ces quelques pages à madame la duchesse pour qu'elles soient postées à mon départ pour l'Écosse. Je ne voulais pas que cette lettre vous précède et arrive avant que vous n'ayez eu le temps de vous installer chez vous à Versailles, et dans votre nouveau rôle d'épouse.

Je sais que vous et Charles serez heureux ensemble. C'est un homme bien, et il fera le meilleur des époux. Votre rôle le plus difficile en tant qu'épouse sera de le tirer d'un sérieux trop profond, pour qu'à l'occasion, il puisse trouver le rire dans sa vie, et peut-être profiter de l'instant présent plutôt que de toujours penser à l'ordre général des choses. Mais, et il vous le dira lui-même, il est en train de changer l'histoire, et pour le bien de la majorité. Il va se retrouver mêlé à de nombreuses machinations politiques en tant que secrétaire et interprète de Mr. Franklin. Je n'envie pas le lourd fardeau de responsabilités qui va tomber sur ses jeunes épaules quand il devra transmettre à Sa Majesté française les raisons pour lesquelles elle devrait soutenir les rebelles d'après Mr. Franklin, car cela mènera à une guerre avec l'Angleterre. Et la guerre n'est jamais une bonne chose, peu importe dans quel camp on se trouve.

Je vous l'ai déjà assez dit, mais je vais l'écrire une nouvelle fois : je suis très fier de vous, de la fille que vous êtes pour moi, mais aussi de la femme que vous êtes devenue. Je suis aussi fier de moi, de vous avoir si bien élevée, car assurément j'aurais fait la fierté de votre mère ! Votre père ne cessera jamais de vous taquiner, n'est-ce pas, ma chère fille ?

Mais je vais être sérieux un peu plus longtemps, car je dois vous dire que ce soir, je me rends au théâtre en compagnie de madame la duchesse. Ainsi, d'ici demain matin, la rumeur que nous sommes amants circulera dans toute la ville, et cette rumeur est vraie. Vous le savez, et elle vous l'a peut-être même dit en personne lors de votre entretien privé avant votre départ. Elle est toujours sincère. Vous ne pouvez donc pas être choquée de le voir écrit ici. Mais nous sommes plus que des amants, bien plus. Nous sommes des âmes sœurs. Je le crois de tout mon cœur.

Je suis amoureux d'Antonia Roxton, et je le suis depuis l'instant où j'ai posé les yeux sur elle. Il m'est arrivé quelque chose que je ne saurais expliquer le soir du bal de Pâques des Roxton. J'ai su, dès ce moment-là, qu'il fallait que je sois avec elle, que je mourrais pour elle s'il le fallait, qu'elle est la seule femme avec qui je veux passer le reste de ma vie. J'ai essayé de vous le dire à de nombreuses occasions, mais au début, vous ne vouliez pas écouter votre père. J'ai essayé de comprendre pourquoi vous en étiez incapable, et je me suis dit que cela devait s'expliquer par votre jeunesse et votre manque d'expérience, mais peut-être aussi par le fait que vous étiez un peu jalouse que votre père soit si amoureux ?

Maintenant que vous êtes mariée, que vous avez ouvert les yeux à l'amour sous toutes ses formes et que vous êtes aimée en retour, vous voyez qu'il est impossible de comprendre le cœur comme on comprend l'esprit. Il vaut donc mieux laisser le cœur suivre son propre chemin sans s'y opposer. Je sais que vous êtes inquiète de savoir que je suis amoureux d'une femme d'une décennie mon aînée. Mais l'âge n'est qu'un simple nombre. Celui que nous avons est plutôt défini par nos agissements, notre manière de voir les choses et ce que nous ressentons. Si vous utilisiez votre esprit à la place de votre cœur pour jauger l'homme que vous aimez et avez épousé, vous le verriez sûrement différemment, peut-être comme les autres le voient ici : comme un homme qui s'est rendu coupable de trahison en fournissant aux rebelles des informations secrètes à propos de l'effort de guerre britannique dans les colonies. Mais ce n'est pas ainsi que votre cœur le voit. Votre cœur vous dit que c'est un homme qui suit ses convictions et sa cause, qui croit avoir une vocation supérieure, qui fait ce qu'il pense être correct et juste pour l'avenir des colonies américaines, un homme qui a obtenu votre respect et votre amour. Et il vous aime.

Antonia Roxton m'aime. J'en suis convaincu comme je suis convaincu que le ciel est bleu et que l'herbe est verte. Je compte l'épouser avant de voyager vers le nord. Et je suis absolument convaincu qu'après notre mariage, nous aurons le bonheur d'avoir des enfants. Alors ne vous inquiétez plus pour votre père, car il ne se sentira plus jamais seul. Et vous pouvez assurément être très heureuse qu'il prenne la direction du nord pour suivre son destin. C'est avec beaucoup de réticence que je le poursuis, vous le savez, mais il le faut. Vous avez peut-être épousé un républicain, mais cela ne devrait pas vous empêcher d'être fière que votre père hérite d'un duché écossais.

Par ailleurs, mon bel ange, il s'agit de la dernière lettre que je vous envoie en utilisant mon propre nom, et de Londres. Je vous enverrai de mes nouvelles quand j'aurai passé la frontière, quand je serai arrivé à Édimbourg. Vous recevrez alors une lettre de Sa Grâce le très noble duc de Kinross, lettre qui sera scellée par les armoiries ducales. Ne cachez pas votre joie à Charles. S'il y a bien une chose que je sais à propos de ce jeune homme, c'est qu'il sera aussi satisfait que vous de savoir que son beau-père se porte bien. Et bien sûr, il sera fou de joie quand vous lui annoncerez que sa cousine est devenue duchesse de Kinross – ou plutôt, sa belle-mère. Ah, comme la vie que nous menons est compliquée !

Faites une faveur à votre père, écrivez à ma nouvelle duchesse pour donner votre bénédiction à notre union. Je l'ai convaincue que vous finiriez par l'aimer, mais qui peut lui reprocher son appréhension ? Elle sait notamment à quel point je vous aime et accorde de l'importance à votre avis favorable. Je sais que Charles lui écrira, mais peu importe ce qu'il dira de votre part, l'esprit d'Antonia ne sera apaisé que quand elle lira votre bénédiction écrite de votre propre main. D'avance je vous envoie mes remerciements, scellés par un baiser.

Je suis impatient de connaître toutes vos dernières nouvelles et de savoir si vos cours de français avancent bien. J'espère que Mrs. Spencer s'avère être une dame de compagnie digne de ce nom et que vous profitez bien du beau temps printanier. Transmettez mes salutations à mon beau-fils, et si Charles voulait m'écrire, j'en serais honoré.

Il est temps que je me prépare pour le théâtre et pour ma rencontre avec les membres de ma future famille, et notamment mon autre beau-fils ! Sa Grâce de Roxton a une loge à Drury Lane, et votre père est impatient de découvrir le visage de cet aristocrate quand je prendrai place auprès de sa divine mère. Je prédis que la nouvelle pièce de ce pauvre Dick Sheridan ne sera qu'un événement mineur comparé à ce qu'il va se passer dans son noble public. Oui, ce que vous entendez, c'est bien votre chenapan de père qui se frotte les mains en jubilant !

En attendant l'Écosse,

Avec tout mon amour et mes meilleurs vœux,
Votre père qui vous aime,
J.S.L.

[*Entrée dans le journal d'Antonia Roxton.*]

Le vendredi 9 mai 1777

<u>Lendemain de la première de</u>
<u>*L'École de la médisance* de Sheridan</u>

Renard, j'ai assisté hier soir à une pièce exceptionnelle. *L'École de la médisance* de Richard Sheridan. Je pense qu'elle va marquer les esprits, car elle est très drôle. Je vous en ai déjà beaucoup parlé lors de l'une de mes visites, avant de monter à Londres. J'hésitais à assister à cette représentation, car je ne m'étais jamais rendue au théâtre sans vous. Mais Jonathon a réussi à me convaincre, et j'avais vraiment très envie de voir si les acteurs allaient faire justice aux talents d'écriture de Sheridan. Bien sûr, il y avait trop de bruit et de bavardages, et beaucoup d'yeux étaient posés sur moi, mais j'ai essayé de ne pas m'inquiéter à ce propos, comme vous aviez l'habitude de le faire. Mon éventail m'a bien servi, mais j'admets que votre lorgnon est une bien meilleure arme de prédilection pour calmer la foule pendant ce genre de rassemblement public.

Julian était présent avec Deb, et Martin est venu aussi. Les garçons se sont installés avec nous et à l'entracte, Julian est venu dans notre loge avec Martin à son bras. Martin s'appuyait plus que d'habitude sur sa canne, car il a fait une mauvaise chute en descendant de son carrosse. Il n'y a pas de quoi vous inquiéter, le bleu va guérir en un rien de temps.

Oh, Renard, si seulement vous aviez pu voir la tête de Julian quand j'ai présenté Martin à Jonathon ! Jonathon a chaleureusement serré la main de Martin, comme s'ils étaient de vieux amis, puis il a déclaré qu'il était heureux de rencontrer enfin l'autre homme dans ma vie ! Oui ! C'est bien ce qu'a dit Jonathon ! Y croyez-vous ? Incroyable, non ? J'ai sursauté et je lui ai donné une tape sur les doigts pour le punir de son impudence. Et qu'a-t-il fait ? Il a ri, m'a arraché mon éventail de la main et m'a donné un petit coup taquin sous le menton. Tout cela sous les yeux de deux cents personnes. Pauvre Julian, il était tellement embarrassé qu'il pouvait à peine respirer. Martin était pétrifié, et après avoir passé tant d'années avec vous, il a fait ce que vous faites toujours dans les situations socialement embarrassantes : il n'a rien dit. Rien ! Mais moi, je vous connais bien tous les deux, et je sais que vous laissez votre regard parler pour vous. Et c'est ce que Martin a fait. J'ai donc vu la lueur dans son regard, et le sourire qui s'y cachait. Il a même osé sourire véritablement quand il s'est tourné pour parler à Henri-Antoine. Pauvre Julian, il ne savait pas où regarder, ni quoi dire face à un comportement aussi excentrique. J'ai eu un peu de peine pour lui, car il a dû se sentir très gêné de se retrouver en compagnie de l'amant de sa mère, surtout que cet homme n'est pas beaucoup plus vieux que lui. Je pense que la tension s'est un peu apaisée quand on lui a dit que Deborah nous saluait de leur loge ; il s'est tourné vers elle et s'est un peu détendu. Puis la fin de l'entracte est arrivée et ils sont retournés à leur place.

Martin séjourne chez Julian et Deborah et ils se joindront tous à nous ce matin pour la cérémonie. Je suis très heureuse qu'il soit présent à cette occasion. Il aidera Julian à la traverser, lui donnera l'impression d'avoir au moins un allié dans la pièce, car Deborah, elle aussi, voit Jonathon d'un bon œil, comme tous les autres.

Henri-Antoine et Jack vont passer une semaine chez moi après la cérémonie, avant de retourner à leurs études à Oxford. Ils me l'ont promis et je vais m'assurer qu'ils tiennent leur parole. Henri-Antoine est très intelligent, mais il essaye de le cacher, et je pense que c'est pour le bien de Jack. Non pas que Jack ne soit pas intelligent. Mais Henri-Antoine a une vivacité d'esprit et de compréhension rare chez quelqu'un de son âge. C'est aussi un excellent linguiste, comme vous, et il peut passer de l'anglais au français sans hésitation. Il écoute Jonathon parler anglais, il m'écoute parler français, et il nous répond dans nos langues respectives. C'est tout à fait extraordinaire, mais nous ne faisons pas cela très souvent, car Jack n'est pas aussi doué en langues. Mais après tout, qui est aussi doué que lui ?

J'ai toujours su que notre fils était à votre image, ne le disais-je d'ailleurs pas ? À mesure qu'il vieillit et devient un homme, cette ressemblance devient de plus en plus frappante, ce qui devrait vous faire plaisir. Je ne peux pas vous mentir ; cela me fait parfois mal au cœur de le voir et de l'entendre. Plus d'une fois, je me suis tournée au son de sa voix en m'attendant à vous voir, vous, mon amour. Notre benjamin vous ressemble même dans sa façon de s'asseoir, silencieux et observateur, évaluant toute situation avant de prendre la parole en public. Et tout comme vous, en privé et en compagnie de ceux qu'il aime réellement, il prend complètement ses aises et se transforme, devenant plus détendu et souriant. Il adore jouer aux charades et il a un rire contagieux – je remarque qu'il semble s'agir des deux seuls attributs qu'il a hérités de sa mère ! Oh, et peut-être également ment son amour de la lecture. C'est comme si vous étiez de retour parmi nous… L'entendre rire de nouveau ! quelle douce musique pour mes oreilles. Il est heureux – et je pense que c'est parce que sa mère est enfin revenue dans le royaume des vivants, et auprès de lui. Il m'a tant manqué, et je lui ai manqué aussi.

Mais je ne vous ai pas encore annoncé la nouvelle la plus stupéfiante de toutes ! Les crises du mal caduc de notre fils se sont tellement calmées que Bailey a arrêté de le suivre comme son ombre, et ce depuis deux ans. J'ai moi-même du mal à y croire, Renard, mais Henri-Antoine m'assure que c'est la vérité, que la dernière crise dont il a souffert est survenue il y a environ un an et que par ailleurs, elle était assez légère. Cette nouvelle m'a rendue très heureuse, et j'avais envie de prendre mon petit garçon dans mes bras, de l'embrasser et de pleurer tout à la fois. Bien sûr, je n'en ai rien fait, car quel garçon de presque seize ans voudrait que sa mère agisse comme une folle devant son meilleur ami ? Mais je pense que cela n'aurait pas du tout dérangé Jack. Vous pouvez arrêter de vous inquiéter à présent, et je vais peut-être arrêter moi aussi. Même si j'ai toujours du mal à croire que sa maladie est réellement derrière lui. Mais Jonathon affirme que Jack assurera toujours les arrières d'Henri-Antoine, nous allons donc compter sur lui pour nous prévenir d'éventuels changements.

Je vais vous l'avouer maintenant, car je sais que cela ne vous dérangera pas du tout, et même Julian s'en réjouit : Henri-Antoine apprécie réellement Jonathon, et c'est réciproque. Quel bonheur de les voir en compagnie l'un de l'autre, détendus et en pleine discussion comme s'ils se connaissaient depuis l'enfance d'Henri-Antoine. Mais je pense que Jonathon a un don pour mettre les gens à l'aise avec son charme avenant. Il me fait penser à Vallentine sur ce point, mais Vallentine était légèrement plus vague dans son exécution. Comme mon ami me manque ! Il est avec vous et madame, et je suis un peu jalouse que vous soyez tous les trois et que je sois restée seule ici. Et comme je me suis sentie très seule… Non ! Ce n'est plus vrai maintenant. Mais je n'ai pas fait de cet homme mon amant uniquement pour mettre un terme à ma solitude – je l'aime. Je l'aime, Renard, et je n'aurais jamais pensé pouvoir ressentir cela pour un autre homme. Mais je ne peux pas mentir à mon propre cœur, n'est-ce pas ? Et à vous non plus. Voilà, je vous ai tout avoué, j'ai tout écrit noir sur blanc dans mon journal et je vous dirai tout cela en face lors de ma prochaine visite. Mais vous m'avez encouragée à continuer à vivre et à aimer, et même si je n'aurais jamais cru cela possible, c'est arrivé sans qu'il s'agisse d'une volonté ou d'un objectif de ma part.

Oh, je vous en prie, pardonnez-moi de ne pas vous en avoir parlé plus tôt. J'ai accepté la demande en mariage de Jonathon ; il m'a demandé ma main tant de fois que j'ai arrêté de compter. Il m'aime réellement, même en sachant qu'en m'épousant, il devra à jamais me partager avec vous. Mon Dieu, je viens de relire cette dernière phrase, et elle paraît vraiment grivoise. Ha ! Ainsi soit-il, c'est la vérité. Jonathon doit me partager avec vous, car sans vous je suis incomplète.

C'est ce que vous avez toujours voulu pour moi, n'est-ce pas, mon amour ? Et moi, je ne voulais pas vous écouter – je ne le pouvais pas, à l'époque. Il m'était impossible d'envisager ma vie sans vous, et pour être honnête, par moments, je reste hébétée de me dire que vous n'allez pas entrer dans la pièce et venir me rejoindre. Mais tant que je vis et que je respire, je sais que je ne dois pas me contenter d'exister. Car comment pourrais-je vous faire face un jour si c'est pour que vous me réprimandiez d'avoir gâché la vie qu'il me restait ? Quand il sera temps pour nous d'être réunis, il s'agira d'une heureuse occasion que j'ac-cueillerai volontiers, mais pour l'instant je suis ici, et ce matin

je vais me marier et commencer un nouveau chapitre de
ma vie.

Je vais donc signer cette lettre qui vous est destinée, mon cher
amour, en tant que duchesse de Roxton, mais ce sera la
dernière fois jusqu'à nos retrouvailles. En attendant, la
prochaine fois que je m'assiérai devant vous, ce sera en tant que
duchesse de Kinross, et je sais que cela vous fera très plaisir.

Au revoir, mon amour,
Antonia, duchesse de Roxton

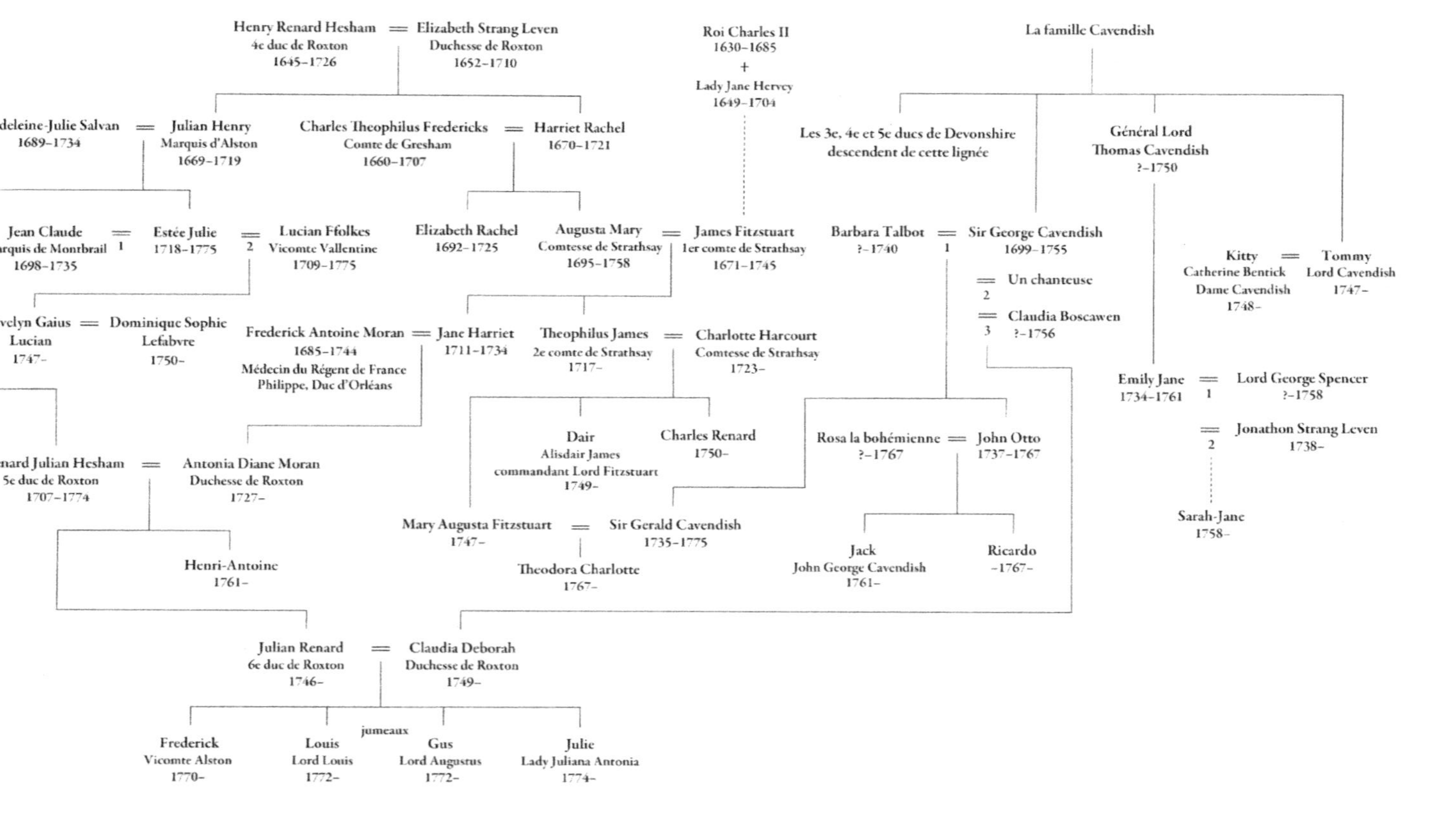

Henry Renard Hesham
4e duc de Roxton
1645–1726
Elizabeth Strang Leven
Duchesse de Roxton
1652–1710
Roi Charles II
1630–1685
+
Lady Jane Hervey
1649–1704
La famille Cavendish
Madeleine-Julie Salvan
1689–1734
Julian Henry
Marquis d'Alston
1669–1719
Charles Theophilus Fredericks
Comte de Gresham
1660–1707
Harriet Rachel
1670–1721
Les 3e, 4e et 5e ducs de Devonshire
descendent de cette lignée
Général Lord
Thomas Cavendish
?–1750
Jean Claude
Marquis de Montbrail
1698–1735
1
Estée Julie
1718–1775
2
Lucian Ffolkes
Vicomte Vallentine
1709–1775
Elizabeth Rachel
1692–1725
Augusta Mary
Comtesse de Strathsay
1695–1758
James Fitzstuart
1er comte de Strathsay
1671–1745
Barbara Talbot
?–1740
1
Sir George Cavendish
1699–1755
=
2
Un chanteuse
=
3
Claudia Boscawen
?–1756
Kitty
Catherine Bentick
Dame Cavendish
1748–
Tommy
Lord Cavendish
1747–
Evelyn Gaius
Lucian
1747–
Dominique Sophie
Lefabvre
1750–
Frederick Antoine Moran
1685–1744
Médecin du Régent de France
Philippe, Duc d'Orléans
Jane Harriet
1711–1734
Theophilus James
2e comte de Strathsay
1717–
Charlotte Harcourt
Comtesse de Strathsay
1723–
Emily Jane
1734–1761
1
Lord George Spencer
?–1758
2
Jonathon Strang Leven
1738–
Dair
Alisdair James
commandant Lord Fitzstuart
1749–
Charles Renard
1750–
Rosa la bohémienne
?–1767
John Otto
1737–1767
Sarah-Jane
1758–
Renard Julian Hesham
5e duc de Roxton
1707–1774
Antonia Diane Moran
Duchesse de Roxton
1727–
Mary Augusta Fitzstuart
1747–
Sir Gerald Cavendish
1735–1775
Jack
John George Cavendish
1761–
Ricardo
–1767–
Henri-Antoine
1761–
Theodora Charlotte
1767–
Julian Renard
6e duc de Roxton
1746–
Claudia Deborah
Duchesse de Roxton
1749–
Frederick
Vicomte Alston
1770–
Louis
Lord Louis
1772–
jumeaux
Gus
Lord Augustus
1772–
Julie
Lady Juliana Antonia
1774–

Explorez les lieux, objets et évènements historiques évoqués dans *Éternellement vôtre* sur Pinterest. www.pinterest.com/lucindabrant